Ralf Becher · Zeichen setzen in Würmelingen

AF208471

Der greise Johannes Schmehl macht mit seinem Hund einen Morgenspaziergang durch die Kleinstadt Würmelingen. Da bettelt ihn eine Frau mit Migrationshintergrund an. Schmehl verweigert das Almosen und damit beginnt für ihn das Verhängnis. Die meinungshoheitlichen Gutmenschen spielen den Fall hoch und organisieren eine Kampagne gegen Fremdenfeindlichkeit und Rassismus. Eine sachliche Einschätzung des Vorfalls will nicht gelingen. Erst als sich die Anführerin der Aktion gezwungen sieht, ihre Postulate im persönlichen Umfeld selbst in die Tat umzusetzen, beginnt sich die Hysterie zu entkrampfen.

Ralf Becher, Jahrgang 1941, war in Vertrieb und Marketing in der Großindustrie tätig und lebt jetzt mit seiner spanischen Frau überwiegend auf Teneriffa. Es macht ihm Spaß, zeitgeistkritische Geschichten zu fabulieren, wobei er oft hart am Rande politisch korrekter Normen navigiert, deren Phraseologie er mit maliziöser Ironie auf die Schippe nimmt.

Ralf Becher

Zeichen setzen in Würmelingen

Bibliografische Information der Deutschen Nationalbibliothek:
Die Deutsche Nationalbibliothek verzeichnet diese Publikation in
der Deutschen Nationalbibliografie; detaillierte bibliografische Da-
ten sind im Internet über < http://dnb.d-nb.de > abrufbar.

© 2007 Ralf Becher
Satz und Layout: Buch&media GmbH, München
Umschlaggestaltung: Kay Fretwurst, Spreeau
Herstellung und Verlag: Books on Demand GmbH, Norderstedt
Printed in Germany
ISBN 978-3-8334-8312-7

Inhalt

WARNUNG

Solche Bücher läßt du drucken!
Teurer Freund, du bist verloren!
Willst du Geld und Ehre haben,
Mußt du dich gehörig ducken!

Nimmer hätt' ich dir geraten,
So zu sprechen vor dem Volke,
So zu sprechen von den Pfaffen
Und von hohen Potentaten!

Teurer Freund du bist verloren!
Fürsten haben lange Arme,
Pfaffen haben lange Zungen,
Und das Volk hat lange Ohren!

Heinrich Heine

Teil 1

Die Passion des Johannes Schmehl

Niemand der von knapp zehntausend Seelen bewohnten idyllischen Kleinstadt hätte in den frühen Morgenstunden jenes Mittwochs im März geahnt, was für dramatische Ereignisse an diesem Tag ihren Anfang nehmen sollten. Und schon gar keiner hätte gedacht, daß ausgerechnet Johannes Schmehl, pensionierter Beamter, Gemeinderatsmitglied, passionierter Blumenzüchter und Vater des Lokaljournalisten Peter Schmehl, zum ungewollten Auslöser einer unseligen Verkettung diverser Mißlichkeiten werden sollte, die nicht nur ihn selbst, sondern auch andere maßgebliche Persönlichkeiten der Gemeinde in prekäre Mitleidenschaft ziehen sollten.

Johannes Schmehl unternimmt seinen täglichen Morgenspaziergang mit seinem Hund Waudi durch die historische Altstadt. Der Schnee ist schon fast überall geschmolzen, die Frühlingssonne wärmt bereits etwas und glänzt durch die Wolken, und auf den Bäumen deutet sich zaghaft das erste Laub an. Herr und Hund genießen die frische Frühlingsluft und schreiten gemächlich voran. Hin und wieder wechselt Schmehl einen freundlichen Gruß mit Leuten, die ihm begegnen, denn alle kennen den netten alten Herrn und natürlich auch Waudi, den Beinahe-Dackel, der wegen seines glänzenden senfgelben Fells ortsbekannt ist.

Da spricht ihn plötzlich eine Frau südländischen Aussehens in holprigem Deutsch an, zupft ihn am Ärmel und heischt ein Almosen. Schmehl schüttelt den Kopf und will weitergehen, doch die Bettlerin gibt sich damit nicht zufrieden, sondern fängt an, den Senioren laut und schrill anzukeifen. Das hätte Schmehl wohl noch achselzuckend hingenommen, doch als er dann als »Nazischwein« beschimpft wird, gerät er in Zorn. Ihn, ausgerechnet ihn, einen aufrechten Sozialdemokraten – wie seine Eltern, die deswegen von den Nazis ermordet wurden –, so zu bezeichnen, das geht nun wirklich zu weit! Bei allem Respekt vor Ausländern, das geht zu weit. Erregt hebt er seinen Gehstock, und Waudi, an der Leine zerrend sich aufrichtend, solidarisiert sich durch lautes Gebell mit seinem Herrn. Daraufhin sucht die Frau eilends das Weite und verschwindet. Den Kopf schüttelnd und Waudi tätschelnd beruhigend, setzt Schmehl seinen Rundgang fort. Sicher, das Erlebnis beschäftigt ihn, doch entschließt er sich dann doch, es vergessen zu wollen und kommt zu der Erkenntnis, daß die Bettlerin wohl nicht wußte, was sie sagte. Schwamm drüber.

Von wegen Schwamm drüber. – Johannes Schmehl saß mit Sohn und Schwiegertochter beim Mittagessen, als es klingelte. Die Polizei. Er bitte um Entschuldigung, aber er müsse in einem dringenden Fall ermitteln. Ob er Platz nehmen dürfe?, fragte Oberwachtmeister Grumper höflich. Aber natürlich, bitte sehr. »Danke sehr, ich bin so frei.« Grumper setzte sich, legte die Dienstmütze auf den Schoß und zog sein Büchlein hervor, blätterte kurz darin herum, hüstelte leicht und wollte dann wissen, ob Schmehl sich heute morgen, so gegen 9 Uhr mit seinem Hund am Dibeliusplatz befunden habe. Schmehl nickte »Ja« und ahnte schon, worum es sich handelte. Es läge die Anzeige einer Frau vor, die zu Protokoll gegeben habe, von einem Mann mit Stockschlägen geprügelt und von dessen grellgelbem Hund gehetzt und angegriffen worden zu sein. Das treffe alles auf Schmehl und seinen Hund zu. Ob er sich zu der Tat bekenne?

Der arme Schmehl fiel aus allen Wolken. Sohn Peter und Schwiegertochter Renate schauten ihn ungläubig fragend an, denn er hatte ihnen noch nichts von dem Vorfall erzählt. Mit allen Kräften sich selbst zu Ruhe und Besonnenheit mahnend, erklärte Vater Schmehl seine Version des Vorfalls, die Grumper gewissenhaft protokollierte. Er verabschiedete sich dann höflich, ohne zu vergessen, ihn darauf hinzuweisen, daß er sich für weitere Untersuchungen des Falles zur Verfügung halten müsse. Mütze auf, Hand daran gelegt und ab. Auf Grumper war Verlaß. Er galt in der Stadt als »der letzte Preuße« und war korrekt, hielt sich an seine Dienstvorschriften und sonst nicht viel.

Wäre die Angelegenheit nur im Rahmen polizeiamtlicher Ermittlungen weiter behandelt worden, hätte alles glimpflich für Johannes Schmehl ausgehen können. Doch die Bettlerin wurde auch vorstellig bei der Lokalpresse, bei Xenophilia, dem Kampfbund gegen Rassismus und Fremdenfeindlichkeit e. V. (KgRuF), und war dann auch noch zur Präsidentin von Xenophilia, der Gemeindepfarrerin Siglinde Schäfer, gerannt.

Bei der schrillten die Alarmglocken. Schlimm genug, wenn eine Frau angegriffen wurde. Und gar ein Flüchtling! Jetzt mußte etwas passieren.

Was dann geschah, wurde von allen anständigen Bürgern als richtungweisend und beispielhaft erachtet. Man kümmerte sich zunächst um das Opfer der rassistischen Gewalttat, das einen Schock erlitten hatte. Die Frau mußte untergebracht und verpflegt werden, das war das mindeste, was man an Wiedergutmachung leisten konnte. Die rührige »Sigi«, die ja nicht nur Pfarrerin der Gemeinde, sondern auch Vorsitzende von Xenophilia und ehrenamtliche Migrationsbeauftragte war, trommelte alle erreichbaren Mitglieder und Bürger guten Willens zu einer außerordentlichen dringenden Versammlung zusammen, an der auch etliche per Telefon teilnahmen.

Nachdem die Sigi in knappen Worten über die abscheuliche Gewalttat berichtet hatte, fragte sie, wer das Opfer fürs erste aufnehmen und beköstigen könne. Der Zufall wollte es, daß der eine gerade die Schwiegereltern zu Besuch hatte und deswegen beim besten Willen keinen weiteren Gast mehr aufnehmen konnte, ein anderer gerade mitten in Renovierungsarbeiten steckte und wieder ein anderer einen Dobermann als Hausgenossen besaß, der trotz zahlreicher Umerziehungsbemühungen nicht davon abließ, auf exotisch aussehende Personen aggressiv zu reagieren. Auch Frau Müller-Mergentheim, die 2. Vorsitzende des Vereins konnte nicht helfen: Ihr vierwöchiger Kuraufenthalt in Montegrotto stand kurz bevor, und während dieser Zeit würden Handwerker ihr Haus von Grund auf renovieren. Dann meldete sich Erwin Spettmann zu Wort. Vielleicht, so verkündete der ehemalige Bergmann aus dem Ruhrgebiet, sähe er da 'ne Möglichkeit, er sei mal grad so beim Nachdenken gewesen. Also, er hätte zwar nur 'ne Einzimmerwohnung, mit aber Extraklo und kleiner Küche, und wenn die Dame zufrieden wär' mit auf der Luftmatratze zu schlafen, also seinetwegen, könnte se se haben. Die Luftmatratze sei noch ganz neu, hätte er erst voriges Jahr gekauft, für zum Camping im Urlaub und so.

Die Pfarrerin krauste die Stirn, sie erinnerte sich an Gerüchte, nach denen Erwin Spettmann mal eine Frau angegrabscht haben sollte. – Diese Bedenken wohl erahnend, fuhr der Ex-Bergmann fort: Und daß da keiner irgendwie meine, von wegen, na ja ..., also er täte da auch noch 'nen Parawang aufstellen, wegen der Schicklichkeit, für wenn man sich am Ausziehen sei und so. Aufpusten müßte die Dame die Matratze aber selber, weil nämlich wegen seine Staublunge, wär' dat bei ihm nich mehr drin.

Es war wohl der dominierenden Beredsamkeit der Sigi zuzuschreiben, daß keiner auf die Idee kam, sie zu fragen, ob sie die arme Frau nicht selbst aufnehmen könne, und eigenartigerweise war sie auf diesen Gedanken noch gar nicht gekommen.

Da sich außer Erwin Spettmanns Angebot, dem man zwar wegen des gezeigten guten Willens Anerkennung zollte, es aber doch aus verschiedenen Gründen nicht näher in Betracht zog, keine andere Alternative fand, wurde die Fremde auf Kosten von Xenophilia im Gasthof »Zum Silbernen Kelch« einquartiert, wo sie ein Einzelzimmer erhielt und ihr gesagt wurde, daß der Kampfbund auch für ihren Verzehr aufkommen werde. Winfried Specht, allgemein als »Silberkelch-Wirt« bekannt, beäugte die Fremde kritisch, die sich da in ihren weiten bunten Röcken in einem Sessel in der Ecke neben der Empfangstheke, immer noch weinend zusammenkauerte. Specht war kein Unmensch, aber das alles war ihm nicht ganz geheuer. Die Pfarrerin musterte den Wirt einige Sekunden streng und schwieg dabei. Der Wirt wich ihrem Blick aus und zupfte an seinem wild wuchernden Schnurrbart à la Günter Grass. Sie erwarte, sagte die Pfarrerin dann in leisem, aber bestimmtem Ton, daß man die Frau wie jeden anderen Gast höflich und zuvorkommend behandle. Der Wirt zuckte die Achseln.

»Also gut, wie Sie meinen«, murmelte er.

Wer ließ sich schon gern auf ein Streitgespräch mit der Sigi ein?

Und Johannes Schmehl? Der saß indessen zu Hause, zusammengesunken in seinem ledernen Kippsessel, seinem geliebten »heiligen Stuhl«. Sein Blutdruck war gestiegen. Er traute sich nicht mehr aus dem Haus. Seine Schwiegertochter hatte ihm ein paar Beruhigungspillen gegeben, worauf sich seine Erregung etwas gelegt hatte. Aber jetzt war er apathisch; er wachte nicht auf und schlief nicht ein, war weder weg noch da.

Es hatte nämlich nicht lange gedauert, und Johannes Schmehl fand sich sozial ausgegrenzt und zum Schandfleck der Stadt degradiert. Die Leute begannen ihn zu meiden. Vergeblich hatte sich Peter Schmehl in der Redaktionskonferenz bemüht, den Sachverhalt geradezurücken. Es war hoffnungslos. Aus den beredten Worten des Chefredakteurs war herauszuhören, daß man allein schon aus volkspädagogischen Erwägungen nicht umhinkäme, der Darstellungsweise des Opfers Glauben zu schenken. Das wenige, das er erreichen konnte, war, daß der Vater nur mit den Initialen seines Namens genannt wurde; doch was half das schon. Jeder im Ort wußte, um wen es sich handelte. Johannes Schmehl wurde geschmäht und geächtet – als gewalttätiger Rassist. Und wer in solche Kategorien fiel, der war auch rechtsradikal, Neonazi und Fremdenfeind usw., denn es war ja bekannt, daß das alles aus dem gleichen unheilvollen Schoße kroch, der ja immer noch fruchtbar war.

Man organisierte eine spontane Protestdemonstration. Es mußte ein Zeichen gesetzt werden! Drei Busse brachten aufrechte Xenophilisten aus der näheren Umgebung herbei. Der Protestzug, der, wie man tags darauf im Würmelinger Morgenboten (WMB) lesen konnte, »im großen und ganzen diszipliniert und überwiegend friedlich« verlief, zog vom Dibeliusplatz zur Friedrich-Ebert-Straße 9, dem Wohnhaus der Schmehls. Daß auf dem Marsch hier und da mal eine Fensterscheibe zu Bruch ging oder ein Autoreifen die Luft verlor – mein Gott, wer regte sich über solche Bagatellen auf, wenn es um die Verteidigung der Menschenwürde ging. Vor der Friedrich-Ebert-Straße 9 angekommen, schwenkte man grimmig die Transparente »J. S. – es reicht! Schmeißt ihn raus«, »Null Toleranz für Rassisten und Migrantenfeinde!« und »Rassisten raus, Ausländer rein!«.

Es wurde gejohlt, gepfiffen und geschrien, es klirrte, knallte und jaulte. Vergeblich blieben Grumpers Deeskalationsbemühungen – der brave Ordnungshüter holte sich eine blutige Nase, der Täter verschwand im

Getümmel und war nicht mehr auszumachen. Peter Schmehl stand auf, um das Fenster zu schließen, doch zu spät. Die erste Stinkbombe landete drin im Wohnzimmer. Er rief die Polizei. Die Blaulichter kamen schnell, da bereits von dem nasenblutenden Grumper alarmiert, und vertrieb die Protestierenden, denn die Demonstration war nicht angemeldet gewesen. Lediglich eine Mahnwache von zwei kräftigen Männern blieb vor dem Eingang des Schmehlschen Hauses zurück. Über die reine Mahnfunktion weit hinausgehend, hatte man auch geplant, den Rassismus-Schläger beim Verlassen des Hauses auf allen seinen Wegen zu bewachen, denn das war man den ausländischen Mitbürgerinnen und Mitbürgern schuldig, daß man sie vor weiteren Angriffen des bzw. der Rassistinnen und Rassisten schütze (denn wer konnte schon behaupten, daß Schmehl der einzige Unhold und nicht nur die Spitze des Eisberges einer dumpf noch im Verborgenen lauernden Meute von üblen Gleichgesinnten darstellte?).

Vater Schmehl erlitt einen Herzanfall. Der Notarztwagen bahnte sich mühsam eine Gasse durch die abziehenden Demonstranten. Die Mahnwachen ließen die Notärzte passieren, doch erhoben sie Einwände, als sie mit Schmehl auf der Bahre das Haus verlassen wollten. Die Polizei mußte ein Machtwort sprechen.

»Da verpißt sich das Nazischwein!« schrie einer der Mahnwächter dem abfahrenden Ambulanzwagen nach. Dann flogen Steine hinterher. Gerade noch rechtzeitig wurde Schmehl ins Krankenhaus eingeliefert. Seine Lage war ernst.

Man hatte Johannes Schmehl auf die Intensivstation gebracht. Wirre Gedanken – teils noch realitätsbezogen, teils schon surrealen Charakters, waberten durch sein fieberndes Hirn. Sein trüber Blick blieb auf dem noch kahlen Kastanienbaum vor dem Fenster kleben, wo sich krächzende Krähen stritten.

Dann floh Schmehl in die Vergangenheit. Seine vor zehn Jahren verstorbene Frau Gerda erschien ihm, strich sich die Schürze glatt und lächelte ihn versonnen an, sein Sohn Peter lärmte im Kinderzimmer, kam herausgetobt auf seinem Steckenpferd, das sich zum überdimensionalen Goldenen Parteiabzeichen wandelte. Und dann kam Hermann Schäfer schwerfällig herbeigewatschelt, der plattfüßige, stets nach Juchten duftende Ortsgruppenleiter der NSDAP, und hieß Peter marschieren. Der sang fröhlich dazu: »Ein schöner weißer Arsch, ein schöner weißer Arsch, mit einer bunten Feder dran, ist schöner als ein Goldfasan.«

Beides vermischte sich dann mit dem Marschlied in einem Meer von Blumen, aus dem der Vorsitzende des Blumenzüchtervereins grinsend hervorlugte. Es kamen die Krähen herbeigeflattert, krächzend und in großer Zahl, zogen den greinenden Goldfasan an den Ohren heraus aus dem Blumenmeer, und Peter schleuderte das goldene Parteiabzeichen mit aller Kraft hoch in die Luft, bevor er selbst kichernd in den Blumen versank. Vom Himmel hoch schwebte ein Engel herab, in einem langen weißen Gewand und mit wehendem goldblonden Haar, in der Rechten eine Posaune und in der Linken das goldene Parteiabzeichen haltend und verkündete, daß nun alles gut sei. Gelobt sei der Herr in Ewigkeit. Amen.

Vor der Friedrich-Ebert-Straße Nr. 9 war es wieder ruhig geworden. Plattgetretene Zigarettenkippen und Plastikmüll umsäumten den Hauseingang. Tauben pickten an Döner- und Pommesresten herum und schleuderten die zu großen Stücke ärgerlich zur Seite. Die Mahnwache war abgezogen. Oben im ersten Stock stand wieder das Fenster offen, um die laue Frühlingsluft hereinzulassen. Nur ab und zu war ein vorbeifahrendes Auto zu hören, und der maßvolle Lärm spielender Kinder sowie das Geplänkel der Frühlingsvögel ertönte wieder.

»Jetzt bloß nicht die Nerven verlieren«, meinte Peter, »ich glaube, die Demonstranten haben sich ausgetobt, und wir sollten jetzt mal in Ruhe darüber reden, was vielleicht noch zu tun ist. Warte, ich komm' gleich wieder.«

Renate sah ihrem Peter nach, als er in die Küche ging. Nahm er das alles wirklich so gelassen hin oder spielte er ihr die Gelassenheit nur vor?, fragte sie sich. Bisher war alles so ruhig, so spießerisch lau gewesen in diesem Kaff. Fünf Jahre waren sie nun verheiratet. Peter schien sein Beruf zu gefallen, aber sie fragte sich oft, ob er wirklich immer mit Begeisterung dabei war, wenn er in geschraubtem Zeitungsdeutsch vom Sommerfest des Männergesangsvereins oder der Einweihung der neuen Feuerwache berichtete. Er sprach ja kaum über seine Arbeit, war eigentlich immer lieb zu ihr, hatte seinen Sportverein und den Skatabend, und damit war seine kleine behagliche Welt umrissen. Und jetzt das! Wenn sie nur helfen könnte! Ihren Arbeitgeber hatte sie auch schon um Rat gebeten. Dr. Klönz war ein geschickter Rechtsanwalt, der über die Paragraphen hinauszuschielen verstand, und sie hatte ihm das Problem geschildert.

Seit über drei Jahren war sie nun schon Klönzens Kanzleisekretärin, und so waren ihm deren Sorgen natürlich nicht gleichgültig. Aber wirklich helfen konnte er nicht. Zwar gelte einerseits natürlich die Unschuldsvermutung bis ein rechtskräftiges Urteil gefällt sei, meinte Klönz, aber so lange ein Beschuldigter öffentlich nicht mit vollem Namen genannt werde, sei gegen eine noch so tendenziöse Berichterstattung und Polemik praktisch nichts auszurichten. Das Recht der Öffentlichkeit auf Information gehe meist vor, und über die Qualität einer Information stehe in den Gesetzbüchern nun mal nichts drin. Klönz empfahl, abzuwarten und die Berichterstattung weiterhin sorgfältig zu beobachten; eventuell könne sich noch ein Ansatzpunkt zur Beschreitung des Rechtsweges ergeben. Und dann hatte er noch, um seinen Worten Gewicht zu verleihen, in ein paar dicken Wälzern geblättert und ihr die einschlägigen Paragraphen genannt, doch was brachte ihr das schon.

Peter kam aus der Küche zurück und brachte eine Flasche Wein mit, Würmelinger Klostergarten, QbA. Er füllte zwei Gläser und sagte: »Schon beim Klang des Einschenkens stellt sich etwas Entkrampfung ein, finde ich. Was meinst du?«

»Schon, aber ich muß immer an Vater denken …«

Das Telefon klingelte. Das Krankenhaus: Vaters Gesundheitszustand habe sich etwas stabilisiert, aber die Krise sei noch nicht überwunden, doch es bestehe Hoffnung.

»Trinken wir auf Vaters Wohl«, sagte Peter. »Und jetzt wollen wir uns mal die Briefchen anschauen die heute gekommen sind.«

Noch nie war der Posteingang im Hause Schmehl derart umfangreich gewesen wie in diesen Tagen. Es häuften sich Briefe aller Art. In den meisten wurde Vater Schmehl übel beschimpft. Sohn Peter und seine Frau Renate lasen sie, einen nach dem anderen. Die ärgsten Episteln waren anonym – ab in den Papierkorb! Aber es gab auch noch eine andere Art von Briefen, nicht gehässig und beleidigend, aber dafür um so kränkender: Der Blumenzüchterverein legte Vater Schmehl nahe, aus dem Verein auszutreten. Ebenso die Ortsgruppe der Sozialistischen Heimatpartei (SHP), widrigenfalls müsse erwogen werden, ein Parteiausschlußverfahren gegen ihn einzuleiten; die goldene Anstecknadel für 50 Jahre Parteimitgliedschaft möge er bitte schon mal zurückgeben. Für Neonazis sei nun mal kein Platz in der Partei. Der Gemeinderat war etwas konzilianter: Er forderte Schmehl lediglich auf, sein Mandat bis auf weiteres ruhen zu lassen.

Und es gab noch eine ganz andere Sorte von Briefen. Unerbetene Solidaritätsbekundungen und Unterstützungsangebote von der real existierenden radikalen Szene. Da war die Rede davon, daß man Schmehls mutige Tat würdige, endlich habe es einer dem ausländischen Gesindel gezeigt! Ja, rausgeprügelt gehörten sie alle! Recht habe er, Johannes Schmehl, getan, und es sei zu hoffen, daß seinem Beispiel gefolgt werde, damit Deutschland wieder rassisch rein werde! Und man bot dem vermeintlichen Gesinnungsgenossen Ehrenmitgliedschaften und, falls erforderlich, sogar finanzielle Unterstützung an. Renate und Peter wurden blaß.

»Weg mit dem Dreck!« schrie Renate. »Ich kann nicht mehr.«

»Nein, wir sollten alles aufheben. Für alle Fälle. Machen wir drei Stapel: Nr. 1: Schmähungen, Nr. 2: Distanzierungen, Nr. 3: rechtsradikaler Dreck.«

»Du bist und bleibst der gewissenhafte Journalist, auch wenn es um deinen eigenen Vater geht ...«

»Irgendwann muß der Spuk ja mal ein Ende nehmen und die objektive Wahrheit zum Durchbruch kommen, und dann ...«

»Was dann? Du sortierst hier seelenruhig Briefe, Vater liegt im Krankenhaus, und wir werden alle ausgegrenzt! Auf der Straße grüßen mich die Nachbarn kaum mehr und machen sogar einen Bogen um mich! Tu doch endlich etwas!«

»Nun übertreib' nicht! Es kommt immer mal vor, daß jemand nicht zurückgrüßt. Aber das sollten wir nicht überinterpretieren. Ich sag's dir noch mal: Wir müssen jetzt erst mal Ruhe bewahren.«

»Hast du noch mal mit der Polizei gesprochen? Wenigstens die müßten die Dinge einigermaßen sachlich behandeln.«

»Ja, das ist eine gute Idee. Am besten melde ich mal bei Sonja Gruber an. Ein prächtiges Mädel. Wir waren mal Klassenkameraden. Sie ist jetzt bei der Polizei. Erinnerst du dich an sie? Ich werde ein paar Prachtexemplare von diesen Briefen mitnehmen. Besonders die aus Stapel 3. Sonja kann uns sicher weiterhelfen.«

In der Tat stieß Peter Schmehl bei Polizeimeisterin Sonja Gruber auf verständnisvolle Ohren. Das Fazit war: Die Aussage des Opfers – in holprigem Deutsch gemacht – bot zwar Interpretationsspielraum, wurde jedoch schwer gewichtet und ohne Zweifel genoß das Opfer die flankierende Unterstützung maßgeblicher Kreise der Öffentlichkeit. Freilich stehe dagegen die Aussage Schmehls. Aber sonst ... es gebe leider keine weiteren Zeugen des Vorfalls. Und der bisherige einwandfreie Leumund des Beschuldigten nütze da nicht viel. So wie es derzeit aussehe, interessiere sich der Staatsanwalt für den Fall. Es werde wohl zu einer Untersuchung kommen. – Und die Briefe radikaler Kreise mit den Anbiederungsversuchen? Könne man da nichts dagegen unternehmen? – Sonja Gruber riet, ab sofort die Annahme weiterer Post dieses Genres zu verweigern, mit dem Vermerk: zurück an Absender.

Waudi brauchte seine Spaziergänge, einen morgens und einen am Nachmittag, und während sein nachmittäglicher Begleiter der junge Markus Strohmayer war (einen Euro pro Stunde), führte ihn Johannes Schmehl regelmäßig des Morgens aus.

Doch nun war morgens Peter an der Reihe, denn der Vater lag ja im Krankenhaus. Wie immer war Waudi ungeduldig und zog die Leine straff, und so wurde Peter Schmehl auch etwas auf Trab gebracht. Die beiden durchschritten die Friedrich-Ebert-Straße und bogen dann nach rechts ab in die Kleinmüllergasse. Hier traf es sich, genauer gesagt vor der Hausnummer 2a, daß Erwin Spettmann gerade seinen WÜRMELINGER MORGENBOTEN aus dem Briefkasten holte, als Herr und Hund an seinem Haus vorbeikamen.

Die drei begrüßten einander freundlich. Spettmann, in Hausschlappen und Bademantel und noch unrasiert, signalisierte Plauderbereitschaft.

Mit dem dunkelblauen Fingernagel seines Zeigefingers auf die Titelschlagzeile des WÜRMELINGER MORGENBOTEN deutend (»Würmelingen setzt Zeichen – Tausende beim Protestmarsch gegen Fremdenfeindlichkeit«), meinte er, »da is ja gewaltig auf'n

Putz gehaun worden. Ich fand dat alles doch ziemlich übertrieben, das ganze Gedöns um die Bettlerin. Sache is natürlich, daß wer keine Fremdenfeindlichkeit dulden dürfen. Und mir hat die Frau auch echt leid getan. Aber diese Demo ... Wissense, also ich weiß nich. Ich selbst bin ja nicht mitmarschiert. Schon wegen meine Hühneraugen.«

»Sicher, Herr Spettmann, Sie sehen die Angelegenheit differenzierter. Aber viele denken anders. Es gibt zu viele, die keine Hühneraugen haben.«

»Wie meinense dat denn?« fragte Spettmann leicht irritiert.

»War nur symbolisch gemeint.«

»Ach so. Na, dann schönen Tach noch und auf Wiedersehen, bis demnächst mal.« Und damit stopfte Spettmann den WÜRMELINGER MORGENBOTEN in die ausgebeulte Seitentasche seines Bademantels und wandte sich zum Haus.

Peter wurde weiter durch die Kleinmüllergasse gezerrt. Es begegnete ihm sein Sport- und Skatkamerad Klaus.

»Tag, Klaus, wie geht's?«

»Du, ich bin in Eile, hab einen Termin beim Zahnarzt, tschüs!« und weg war er.

Dann gab es einen Halt, wie immer am großen Kastanienbaum vor dem Feinkostgeschäft Strohmayer. Während Peter mit Schäufelchen und Plastiktüte in der Hand geduldig dastand und wartete, bis Waudi sein großes Geschäft erledigt hatte, schritt auf der anderen Straßenseite Frau Müller-Mergentheim, sich ihm und Waudi unentrinnlich nähernd, voran. Auch das noch. Peter grüßte höflich, laut und vernehmlich, denn er wußte, daß die Dame Wert auf gute Umgangsformen legte, doch als Antwort erhielt er nur ein langsames Senken und wieder Anheben des Kopfes. Sie umklammerte ihr Handtäschchen fest, beschleunigte ihre Schritte und entschwand mit angehobenem Blick in Richtung Märchenviertel.

Als Peter und Waudi den Dibeliusplatz erreichten, nicht weit vom Hauptportal der ehrwürdigen Bonifatiuskirche, kam Frau Meisenrath, die donnerstags bei Schmehls zu putzen pflegte, auf Peter zu:

»Morgen, Herr Schmehl, gut, daß ich Sie treffe. Ich muß Ihnen leider sagen, daß ich nicht mehr zum Putzen kommen kann, denn, weil, wegen meiner Hüftarthrose. Mein Arzt hat gesagt, ich muß mich schonen, und …«

»Das tut mir leid, Frau Meisenrath, na, dann gute Besserung«, kürzte Peter ihren Redeschwall sanft ab, was sie augenscheinlich erleichterte.

»Also, dann, schönen Tag noch und auf Wiedersehn«, und weg war auch sie.

Auf der kalten, bemoosten Nordseite des Gotteshauses, in einer steinernen Nische, hatte die Bürgerschaft schon vor Jahren eine Skulptur aufstellen lassen, die ein vielversprechender junger Künstler geschaffen hatte. Sie stellte eine verhärmte, leidgeprüfte Figur dar, die an Werke von Käthe Kollwitz erinnerte. Die Inschrift darunter lautete: »Den Opfern von Diktatur, Gewalt und Intoleranz«. Was Peter Schmehl an diesem Morgen auffiel und seltsam berührte, war, daß in der neben der Plastik stehenden trübglasigen Vase, die (außer am Volkstrauertag) stets blumenlos und nur halbvoll mit dreckigem Wasser gefüllt war, heute ein Strauß frischer Frühlingsblumen steckte.

Eine flammende Predigt, die deutlichen Kommentare im WÜRMELINGER MORGENBOTEN noch bei weitem an Schärfe überbietend, hielt am folgenden Sonntag die Pfarrerin Siglinde Schäfer.

Peter Schmehl konnte nicht ahnen, was nun auf ihn zukommen sollte. Wie so manchen anderen Sonntag auch, war er wieder einmal zum Gottesdienst gegangen, während Renate zu Hause blieb und sich um ein delikates Sonntagsessen kümmerte. Besonders religiös war er nicht, und so rechtfertigte er seine Kirchenbesuche vor sich selbst damit, daß die Sigi nun mal verdammt gut predigen konnte und außerdem oft auf lokale Geschehnisse zu sprechen kam, und das war für ihn von journalistischem Interesse.

Peter hatte sich in eine mittlere Bank gesetzt und glaubte feststellen zu können, daß ihn die Leute ziemlich freundlich zurückgrüßten. Man war schließlich in der Kirche. Liebet einander.

Dann beschritt die Pfarrerin die Kanzel.

Auf zum Himmel sah sie, die Arme erhoben, die Handflächen ausgebreitet und sagte erst mal gar nichts. Die Gemeinde lauschte. Gut sieht sie schon aus, die Sigi, dachte Peter Schmehl bei sich, und was für eine tolle Rednerin! Nicht von ungefähr sagten die Leute »die hat 'ne Gosch' wie'n Schwert«, was wohl auch der Grund dafür war, daß »Sigis Kirche« immer verhältnismäßig gut besucht war; aber manchmal, so meinten zumindest einige liberal gesonnene Gemeindemitglieder, ging sie mit ihrem Moralismus und Fanatismus doch zu weit und dann wurde sie schwer erträglich. Ein Savonarola war sie, nur eben weiblich und evangelisch. Die Typen wiederholen sich in allen Schattierungen, und jede Zeit muß wohl ihren Savonarola ertragen. Bis man ihn hängt und verbrennt ... Um Gottes willen, nein. Diese Zeiten sind vorbei. Aber ihn vielleicht weit weg versetzen? Das würde man doch skrupelvoll wünschen dürfen.

Und dann legte die Sigi los, Peters Gedankenspiele abrupt beendend: Schande, unermeßliche Schande sei auf Würmelingen herabgekommen, der Herr in seiner unendlichen Güte möge Gnade walten lassen. Da sei eine arme, in Not geratene Frau aus der Fremde zu uns gekommen. Doch was widerfuhr ihr in Würmelingen? Hat sie auch nur einer von uns gespeist, gekleidet oder ihr ein Obdach gewährt? Nein! Verprügelt wurde sie, der Hund wurde auf sie gehetzt. Christen wollen wir sein? Nein, nein, rede sich da keiner heraus, er sei es ja nicht gewesen und verschließe die Augen vor dem Bösen. Um neun Uhr morgens war das Entsetzliche geschehen. Und da soll niemand auf der Straße gewesen sein, der die abscheuliche Tat hätte verhindern können?

»Wo sind die Anständigen in dieser Stadt geblieben?!« schrie sie laut in das Kirchenschiff hinein und senkte die Hände, eine rhetorische Pause einleitend. Jemand hüstelte leise.

»Wir alle, ja wir alle, müssen mit der fürchterlichen Gewißheit leben, daß Bürger unserer Stadt dabei waren, als die Fremde geschunden wurde. Ja, wer kann schon ruhigen Gewissens ausschließen, daß manche es gar mit klammheimlicher Freude gutgeheißen haben. Oder gar offen applaudierten. Der Herr sei uns allen gnädig. Und nicht leicht fällt es mir heute, Ihn auch zu bitten, daß er den Sündern gnädig sein möge.«

Sie senkte ihr lockiges Haupt, faltete die auf der Reling der Kanzel ruhenden Hände, und schämte sich ein Weilchen schweigend ihrer Mitbürger.

28

Pause. Neues Hüsteln.

Dann, so fand Peter, glitt sie ab in die hinlänglich bekannte Moralphraseologie. Daß man nicht wegsehen dürfe, daß ein Zeichen gesetzt und den Anfängen gewehrt werden müsse, da der Schoß noch fruchtbar sei usw. Dann kam sie unmittelbar auf den Täter zu sprechen, diesen unsäglichen Unmenschen, mit dem man jahrelang die gleiche Luft in dieser Stadt habe atmen müssen und der sich jetzt feige hinter seinen Initialen J. S. irgendwo versteckt halte, und wen würde es wundern, wenn er auf weitere heimtückische Angriffe auf unschuldige Fremde sänne.

Peter Schmehl biß die Zähne zusammen. »Halt an dich, ruhig bleiben, ganz ruhig bleiben, Peter. Das wirst du mir büßen, Savonarola-Sigi!«

Den Rest der Predigt bekam er gar nicht mehr mit.

»Das zahl' ich dir heim, du Frömmlerin! Du wirst dich noch wundern!« Er ballte die Hände, fletschte die Zähne, und kurz vor dem Ende des Gottesdienstes verließ er als erster die Kirche, vorbeieilend an den noch brav in ihren Bänken sitzenden Bürgern, denen die Betroffenheit über das Böse im Gesicht geschrieben stand. Aber man konnte an ihren Mienen gleichermaßen eine seelische Behaglichkeit ablesen, die jedem anständigen Menschen zusteht, der angesichts des Bösen guten Gewissens von sich sagen kann, was Wilhelm Busch einmal so treffend mit den Worten formulierte: »Ach, da bin ich aber froh, denn Gott sei Dank, ich bin nicht so!«

Wenn man vom Dibeliusplatz kommend zum Frosch-
königring will, hinter dem das Märchenviertel anfängt,
stößt man auf eines der ältesten Häuser von Würmelingen: die Wilhelm-Lobegast-Straße 5. Es ist ein hüb-
sches, unter Denkmalschutz stehendes Fachwerkhaus
und befindet sich seit mehreren Generationen im Besitz
der Familie Schwanensang. Im unteren Teil des Hauses ist die Apotheke, auf die ein metallisch glanzvolles
Aushängeschild hinweist, auf dem ein Schwan zu sehen
ist und in einem Jugendstil-Schriftzug »Schwanenapotheke«. Peter Schmehl hatte den Apothekenschwan
einmal zum Gegenstand einer Glosse gemacht, die den
Apotheker sehr verdroß. Ein Schwan sei, so hatte der
Journalist sinniert, eigentlich nur im Profil darstellbar.
Man stelle sich das frontale Abbild eines Schwans vor,
das gäbe überhaupt nichts her und wirke nur dämlich.
Ein Schwan, der die Welt frontal angehe, müsse eine
klägliche Figur abgeben und könne kaum jemanden
zum Pillenkauf animieren.

Berthold Schwanensang und seine Frau waren, wie
so viele andere, tief bewegt von der Predigt dieses
Sonntags. Still hatten die beiden nun ihren Schwei-
nebraten mit Semmelknödel verzehrt und saßen noch
ein Weilchen bei einer Tasse Kaffee zusammen. Sie
saßen allein am Eßtisch, denn Tochter Jennifer hatte
sich wegen Unwohlseins auf ihr Zimmer zurückge-
zogen.

Aber nicht nur die aufwühlende Predigt war es, die
speziell Berthold Schwanensang beschäftigte. Die Szene vom Vortag, in der Apotheke, hatte bereits den Grad
seiner seelischer Behaglichkeit empfindlich gesenkt. Sicher, eigentlich hatte er sie noch nie richtig leiden mö-
gen, die alte Matrone, und man mußte sicher nicht alles

auf die Goldwaage legen, was sie so von sich gab. Aber schließlich führte kein Weg daran vorbei, sie ertragen zu müssen. Sie war eine seiner besten Kundinnen und gehörte der gehobenen Gesellschaftsschicht an. Innerlich verabscheute er sich beinahe selbst dafür, daß er sie so scheißfreundlich behandelt hatte.

»Guten Tag, liebe Frau Müller-Mergentheim«, hatte er geflötet, »womit kann ich Ihnen dienlich sein?«

Und sie hatte ihm huldvoll lächelnd das Rezept gereicht, auf dem wieder eine beachtliche Anzahl von Medikamenten gegen Wechseljahresbeschwerden aufgeführt war. Er hatte sich dann eilfertig umgedreht, um die Tabletten, Tröpfchen und Zäpfchen zusammenzusuchen, während Frau Müller-Mergentheim, die »MM«, wie die Leute sie kurz zu nennen pflegten, sich zwei weiteren Damen der Gesellschaft zuwandte, die gerade hereingekommen waren.

»O, es ist eine Schande für unsere Stadt, was da passiert ist. Es muß jetzt etwas geschehen«, hatte die MM gesagt. »Sicher, die Protestdemonstration war ein hoffnungsvoller Anfang. Jetzt aber ist es hohe Zeit, daß sich ein jeder von uns zur Xenophilie bekennt und keinen Zweifel an seiner Gesinnung aufkommen läßt. Ich habe leider die begründete Vermutung, daß es immer noch etliche unter uns gibt, die den beschämenden Fall J. S. rationalisieren oder gar verharmlosen oder uminterpretieren wollen! Dem muß ein Riegel vorgeschoben werden! Meine Damen, ich rechne mit Ihrer aufrechten Gesinnung und Unterstützung!«

»Ja, ja«, stimmte eine der anderen Damen zu, »kein Pardon den Rassisten und denen, die relativieren und verharmlosen!«

Dann war auch noch Erwin Spettmann hereingehumpelt gekommen, weil er dringend neue Hühneraugentropfen brauchte.

»Tach zusammen«, hatte er gesagt und hatte, als ihn die MM kritisch musterte, seine Schirmmütze abgenommen und ihren Worten durch eifriges Kopfnicken beigepflichtet und dann gemeint, daß da alle eben mitziehen müßten, und wer nicht, den müsse man eben plattmachen, oder so.

Schwanensang hatte sich nicht am Gespräch beteiligt, schließlich war ja seine ganze Aufmerksamkeit gefordert, um die Medikamente zusammenzustellen. Dann nützte er eine Dialoglücke und wandte sich an die MM: »So bitte sehr, gnädige Frau, hier haben wir alles. Macht 137 Euro.«

Die MM dankte, grüßte huldvoll und entschwand. Die beiden anderen Damen der Gesellschaft waren weniger gesprächig. Schwanensang bediente sie zügig. Er war froh gewesen, als alle Damen endlich draußen waren und auch ein bißchen erleichtert, daß es ihm erspart geblieben war, an dem Gespräch teilnehmen zu müssen. Anschließend bekam Erwin Spettmann schnell noch seine Hühneraugentropfen, und dann mußte der Apotheker dringend aufs Klo. Mein Gott, auch das noch.

Christel Schwanensang war dabei, den Tisch abzuräumen.

»Du bist so schweigsam, Berti«, meinte sie. Dabei war sie selbst auch geistig ein bißchen abwesend gewesen. Christel berührten mehr die Geschehnisse, die die Familie direkt betrafen. Daß zum Beispiel Jennifer ihre erste Pubertätsschwärmerei durchmachte. Tränen

und Trübsal bestimmten zur Zeit des Mädels Tages-
ablauf; denn in Markus Strohmayer war sie verliebt,
und der Dussel ahnte überhaupt nichts davon, und natürlich hatte auch Berti keinen blassen Schimmer von
den Nöten seiner Tochter. Männer! Ihn quälte anderes.
Er rührte abwesend in seinem Kaffee herum und sagte
nichts. Christel, das Thema seiner Grübelei richtig erahnend, fuhr fort: »Ja, mich bedrückt es auch, was da
mit der Ausländerin passiert ist. Und daß wirklich niemand das Verbrechen gesehen haben will? Was hältst
du davon? Ist das nicht entsetzlich?«

»Es war aber nicht so, wie man überall sagt«, seufzte
ihr Mann. »Der Schmehl ist kein Rassist oder Auslän-
derhasser ...«

»Na hör mal! In der Zeitung hat's doch gestanden,
die Pfarrerin hat's gesagt, und du willst natürlich alles
besser wissen.«

Berti rührte weiter in seinem Kaffee herum, dann
schaute er seine Frau ernst an:

»Christel, ich muß dir was sagen, aber nur dir. Bitte,
sag's niemandem weiter.«

»Mach's nicht so spannend, schieß los.«

»Also, ich hab's genau gesehen, wie das abging mit
Schmehl und der Zigeunerin – ich nehme mal an, es
war eine, so genau kenn' ich mich nicht aus. Egal, ich
kam gerade zu unserer Apotheke und wollte aufschlie-
ßen, da sah ich, wie diese Frau auf Schmehl zuging
und ...«

Berthold Schwanensang schilderte seiner Frau alles
so, wie er es erlebt hatte. Schweiß stand ihm auf der
Stirn.

»Der arme Schmehl! Das mußt du sofort der Polizei
erzählen, Berti. Bitte geh' sofort hin! Das geht doch

nicht, daß da jemand wegen etwas so Scheußlichem angeklagt wird, was gar nicht stimmt!«

»Liebe Christel, das war natürlich auch mein erster Gedanke. Aber dann hab' ich weitergedacht: Was meinst du, was geschieht, wenn ich der Polizei das alles erzähle? Natürlich wird sie eine Pressemitteilung herausgeben, und dann steht in der Zeitung, der Apotheker Schwanensang bemühe sich, den Schmehl reinzuwaschen und die rassistische Gewalttat zu verharmlosen und was weiß ich noch alles. Und dann geht's mir bald wie dem armen Schmehl selbst.«

»Nun übertreib' aber nicht, Berti! Wir leben doch in einem Rechtsstaat, und man wird doch noch eine objektive Zeugenaussage machen dürfen.«

»Dürfen schon, ob's einem bekommt, ist die zweite Frage. Wenn ich erst mal als Rassismusverharmloser stigmatisiert bin, können wir unsere Apotheke zumachen, denn unsere Kundschaft wird dann zur Löwenapotheke gehen. Und für den Rest wird dann die Wahnmache sorgen, die sie uns verpassen werden.«

»Das heißt Mahnwache, Berti.«

»Ich weiß. Kommt aber aufs selbe raus.«

»Nun werd' nicht sarkastisch. Wir leben schließlich in einer Demokratie, in der jeder den Mund aufmachen kann, und auch die Leute von der Mahnwache haben doch im Grunde genommen nur die besten Absichten.«

»Was sind das schon für Leute? – Ich sag's dir: Dumpfe Vollzugsorgane einer durchgedrehten Political Correctness!«

»Ach, Berti, du siehst alles zu pessimistisch. Und du übertreibst. Red' dich nicht raus mit allgemeiner Gesellschaftskritik, denk' an Schmehl. Und an dein eigenes Gewissen: Es liegt an dir, ein Unrecht zu verhüten.

34

Überleg' dir noch mal alles in Ruhe, und bitte geh' zur Polizei!«

Berti schob die Kaffeetasse von sich, stand auf und mußte wieder eilends aufs Klo.

Der Silberkelch-Wirt war von Anfang an nicht begeistert gewesen von dem Gast, den ihm Xenophilia einquartiert hatte. So war er eigentlich ganz froh, als ihm die Gehilfin am frühen Morgen meldete, daß die Gästin verschwunden war; ihr Zimmer sei leer gewesen, und in der Gaststube sei sie auch nicht erschienen, sie müsse also ohne Frühstück abgereist sein. Der Wirt war zufrieden, die Rechnung würde ja Xenophilia bezahlen. Warum sollte er sich aufregen. Weniger zufrieden war er jedoch mit einer weiteren Meldung, die ihm kurz darauf gebracht wurde: Der »silberne Kelch«, das Kleinod des Hauses und Namensgeber des Gasthofs, war ebenfalls verschwunden. Jahrzehntelang hatte er in der Vitrine im Vestibül gestanden, und jetzt war er weg.

Sie saßen im Pfarrbüro, die Sigi weit zurückgelehnt im Sessel an ihrem Schreibtisch, hinter dem das Porträt des sanftmütig dreinblickenden Philipp Melanchthon hing. Winfried Specht, vorgebeugt, die Hände zwischen den Knien gefaltet, ihr gegenüber.

In ebenso weinerlichem wie klagendem Tonfall trug der Wirt seine Sache vor, und es entspann sich ein lebhafter Dialog zwischen der Pfarrerin und dem Gastronomen bezüglich des verschwundenen Kleinods, doch unterlag letzterer schmollend der Rabulistik der Pfarrerin, die dem Thema ein Ende setzte mit der Bemerkung, er möge sich nicht so anstellen. Er solle doch bitte bedenken, wie schwer die arme Frau drangsaliert worden sei, hier in Würmelingen, und daß die leidgeprüfte Frau sich nun zum Abschied ein kleines Andenken mitgenommen habe, gebe doch eher Anlaß zu der Hoffnung, daß die Frau der Stadt verziehen habe und sie nicht in allzu schlechter Erinnerung behalten werde.

Ohne weitere Worte überreichte der Wirt dann die Rechnung:

Eine Übernachtung im Einzelzimmer:

Verzehr: 1 x Seezungenfilet, 1 x Schweinshaxe mit Semmelknödel, 2 x Schwarzwälder Kirschtorte, 2 Flaschen Würmelinger Klostergarten (Riesling Spätlese), 1 Halbliterflasche Kräuterlikör Hausmarke »Würmelchen«, 1 Flasche Sekt, 3 Flaschen Bier (Doppelbock) und 2 Zigarren. Alles zusammen: 247 Euro.

Die Sigi schob dem Wirt das Geld hinüber, erst die Scheine und dann knallte sie die Münzen auf den Tisch. Genau abgezählt. Schweigend, aber mit einem Blick, der ihn moralisch abstrafen sollte. Doch das war dem Silberkelch-Wirt schnuppe. Er steckte das Geld ein, erhob sich und verabschiedete sich mit einem kurzen Gruß.

Die abwiegelnden Worte der Sigi konnten den Wirt jedoch nicht dazu bringen, den verschwundenen Kelch zu verschmerzen. Er meldete den Verlust der Polizei und der Versicherung, wobei er sich jedoch wenig Hoffnung machte, das gute Stück wiederzusehen. Die Polizei nahm den Fall durchaus ernst und recherchierte gezielt bei allerlei fahrendem Volk, das sich in der näheren Umgebung aufhielt, und der Wirt verbrachte gut zwei Stunden damit, die Formulare auszufüllen, die ihm seine Versicherung aufnötigte. Er strebte zumindest ein pekuniäres Trostpflaster an. Den ideellen Wert aber konnte ihm niemand ersetzen.

Um das Seelenleid Winfried Spechts besser zu verstehen, muß noch gesagt werden, daß auf den Tag genau fünfundzwanzig Jahre nach dem Verschwinden seiner Ehefrau, ihm nun auch der silberne Kelch abhanden gekommen war. Ein Schabernack des Schicksals? Ein Omen? Specht grübelte herum. Ach, wie hatte er seine Marianne geliebt! Zwei unvergeßlich schöne Jahre hatten sie in liebevoller Eintracht miteinander gelebt. Und dann war dieser unselige Schnulzensänger gekommen, Paco Dulci hatte er geheißen. Drei Abende hatte er in Würmelingen gastiert und die Herzen der Würmelinger Bürgerschaft betört. Wie stolz war er darauf gewesen, daß der berühmte Schnulzensänger in seinem Gasthaus abgestiegen war! Und nach dem dritten Abendauftritt war er dann kurz nach Überreichen des Blumenbouquets und einem knappen Autogrammstündchen abgereist.

Am gleichen Abend noch fand Winfried Specht ein dürftiges Abschiedsbriefchen von Marianne vor. Es täte ihr leid, aber die wirklich große Liebe sei stärker als die Bindung zu ihm. Sie könne nicht anders. Ihr Weg verlaufe fortan an der Seite des Künstlers. Er möge ihr verzeihen. Lebewohl!

Die Nachforschungen eines Privatdetektivs hatten nicht viel ergeben. Paco Dulci, so hatte der Schnüffler berichtet, stamme aus Buxhausen am Krummbach und heiße mit bürgerlichem Namen Herbert Krause. Er sei bereits dreimal geschieden. Sein nächster Auftritt sei für den folgenden Mittwoch in St. Ignaz geplant. Doch all das hatte dem Silberkelch-Wirt nicht viel genutzt. Die Kommunikation mit seiner Frau war und blieb abgebrochen, und die Scheidungsanwälte führten fortan das Wort. Und nun war ihm genau ein Vierteljahrhundert später auch noch der silberne Kelch gestohlen worden, das emblematische Kleinod und Symbol der Spechts, seit undenklichen Generationen.

Doch, o Wunder! Als er am nächsten Tag gegen Abend aus seinem Büro trat, mit einem weiteren Brief an die Versicherung in der Hand, mochte er seinen Augen nicht trauen: Da stand, wie eh und je, auf seinem gewohnten Platz in der Vitrine der silberne Kelch, nur viel strahlender und voll ungewohnten Glanzes.

Natürlich war des Wirtes Freude groß, aber an ein Wunder zu glauben, fiel ihm doch schwer. Da lief ihm die Wirtschafterin über den Weg, die sich stundenweise im Hause mit Diensten aller Art nützlich machte.

»Ein Wunder?« fragte sie erstaunt zurück und strahlte: »Nun ja, ich habe ihn schön blank gekriegt, nicht wahr?«

Was zum Teufel hatte sich da abgespielt? Schnell klärte sich der Sachverhalt auf: Die Hausgehilfin hatte den silbernen Kelch in die kleine Nebenkammer gebracht und dort in einen Eimer mit Silberputzlauge gelegt, wo er einer gründlichen Säuberung unterzogen wurde.

Doch wie nun sollte er zurückrudern? Die Polizei informieren, war das wenigste. Die würde froh sein, einen Fall weniger in den Akten zu haben. Und die Versicherung? Er zerriß den Brief, den er gerade geschrieben hatte; alles weitere würde ein Anruf erledigen. Aber wie sollte er seine Unterstellung gegenüber der Bettlerin rechtfertigen? Nun ja, sogar die xenophile Sigi war ganz instinktiv davon ausgegangen, daß die Fremde den Kelch – wenn auch nicht geklaut – so doch zumindest mitgenommen hatte, allerdings als Andenken, wie sie es interpretiert hatte. Der gute Winfried Specht sann so noch eine Weile über den Fall nach. Fest stand, so schloß er seine Überlegungen ab, daß sowohl er wie die Sigi im Prinzip den gleichen Fehler begangen hatten: Sie hatten zu früh zwei verschiedene Vorkommnisse miteinander verknüpft und voreilige Schlüsse gezogen. Das Fazit lautete: Am besten gar nicht weiter drüber reden. Der Kelch war eben wieder da. Punkt.

———————————

Dann erschienen auf der Polizeiwache zwei Frauen; die eine war in mittleren Jahren, stämmig, ländlich-robust, Kerben im Gesicht. Die andere konnte man noch als junges Mädchen bezeichnen. Beide machten einen bescheidenen Eindruck und näherten sich schüchtern der diensthabenden Polizeimeisterin Sonja Gruber. Beide trugen Kopftücher – Türkinnen also.

»Bitte, nehmen Sie Platz. Was kann ich für Sie tun?« fragte Sonja Gruber freundlich. Hübsch das Mädchen, dachte sie. Schwarze Augen, blasses Gesicht, umrahmt von einem cremefarbenen Kopftuch. Das ist doch schöner als die Piercings mancher ihrer germanischen Altersgenossinnen, mal rein ästhetisch gesehen …

»Wir kommen, um eine Aussage zu machen. Das heißt, eigentlich meine Mutter, aber die kann weniger gut Deutsch, und deswegen bin ich mitgekommen«, sagte das Mädchen.

Die Polizeimeisterin machte sich bereit zur Protokollaufnahme, und was sie dann hörte, setzte sie doch etwas in Erstaunen. Erst gestern, so das Mädchen, habe man in ihrer Familie über den Fall J. S. gesprochen. Die Mutter lese keine deutschen Zeitungen und sie selbst auch nur manchmal, sagte sie. Die Mutter möchte nun bezeugen, daß das alles ganz anders war, als es die Zeitungen sagen. Sie habe an der Bushaltestelle gestanden und genau gesehen und gehört, wie das mit dem J. S. und der Bettlerin gewesen sei. Die Mutter nickte zustimmend, denn verstehen konnte sie Deutsch ganz gut, nur beim Sprechen haperte es.

Ja, sie würde das jederzeit bezeugen, daß die Frau weder geprügelt noch von dem Hund angegriffen oder gehetzt worden sei. Der gelbe Dackel sei an der Leine gewesen und habe nur gebellt. Und der J. S. habe nur den Gehstock leicht angehoben und leise etwas gesagt, was sie aber nicht verstanden habe. Offensichtlich als Reaktion darauf, daß die Frau sehr aufdringlich gewesen und zu J. S »Nazischwein« gesagt habe. Das habe sie genau gehört.

Polizeimeisterin Sonja Gruber fertigte ein Protokoll an, das die Türkinnen unterschrieben. Damit war die Sache amtlich, und auch die Presse wurde informiert.

Zwei Tage später konnte man auf der dritten Seite des WÜRMELINGER MORGENBOTEN lesen:

Überraschende Wende im Fall J. S.?
»Es war alles ganz anders«, sagt Türkin

Die Türkin A. Y. (45), kaum des Deutschen mächtig, behauptet, daß alles ganz anders gewesen sei. J. S. habe gar nicht auf die Frau eingeprügelt und der Hund sei an der Leine geblieben, so ihre Darstellung der schrecklichen Geschehnisse. »Die Aussage scheint verworren und gibt Anlaß zu sorgfältiger Hinterfragung«, meint Siglinde Schäfer, Pfarrerin und Vorsitzende des Vereins »Xenophilia«, die sich eingehend mit dem Fall befaßt und sich in beispielhafter Weise um das Opfer gekümmert hat. »Was hat die Türkin bewogen, J. S. zu entlasten? Hat sie gar jemand bezahlt für ihre Aussage? Rechtsradikalen Kreisen ist bekanntlich jedes Mittel recht, das der Vertuschung oder Verharmlosung ihrer Schandtaten dient. Wie anders als durch eine Gewalttat ist die Traumatisierung des Opfers zu erklären?«

Es bleiben gewichtige Fragen offen, die der Klärung bedürfen. Die ermittelnden Stellen sind gefordert, Klarheit zu schaffen. Es sei davor gewarnt, nun unbekümmert zur Tagesordnung überzugehen. Irgendetwas scheint faul zu sein an der Sache. Bleiben wir wachsam! Der WMB wird sich davon jedenfalls nicht einlullen lassen! Wir recherchieren weiter und halten Sie auf dem laufenden!

Die Türkinnen wurden noch einmal ausführlich von Sonja Gruber befragt. Dann verglich sie deren Aussagen mit dem, was J. S. selbst zu Protokoll gegeben hatte, und siehe: Es ergab sich eine vollständige Übereinstimmung.

Am folgenden Tage konnte man auf der ersten Seite des WÜRMELINGER MORGENBOTEN lesen:

FALL F. J. WEITER UMSTRITTEN: ETHNOLOGIE-EXPERTE BRINGT LICHT INS DUNKEL

Unser Sonderberichterstatter Michael Lossantos sprach mit dem international anerkannten Sachverständigen und Leiter des Instituts für interethnische Konfliktforschung an der Rudi-Dutschke-Universität von St. Ignaz, Prof. Dr. Curt M. Kosenhacker. Nach eingehender Untersuchung aller vorliegenden Fakten kommt der Ethnologie-Experte zu dem Schluß, daß es sich bei dem Rassismusopfer aller Wahrscheinlichkeit nach um eine Angehörige der ethnischen Minderheit der Bakschischkierier handeln müsse.

Die Bakschischkierier, so Kosenhacker, sind eine kleine Volksgruppe, die bereits im Altertum urkundlich Erwähnung fand. Es dürfte sich um eine indoeuropäische Ethnie handeln, deren Angehörige man nur noch selten antrifft. Historisch verbürgt ist deren kurzfristige Seßhaftigkeit im 14. Jahrhundert im heutigen Neu-Kappadozien, wo das Volk der Bakschischkierier oberflächlich gräzisiert wurde und unter seinem König Alexios Kleptómanos I. (dem Sanftmütigen) sich einer siebenjährigen staatlichen Einheit erfreute, der jedoch – aufgrund verspäteter Tributzahlungen und angeblicher Konspiration mit den Osmanen – seitens der byzantinischen Armee ein brutales Ende gesetzt wurde. Die Reste des Volkes zerstreuten sich, und es begann die Migration einzelner Sippenverbände über den Balkan bis nach Mitteleuropa.

Interessant für uns ist dabei, daß einige Sippen der schwergeprüften Volksgruppe in Thrakien und sogar in Neu-Kappadozien verblieben sind, wo sie ihren Lebensunterhalt mittels nomadisierender Viehzucht und kreativer Handelsaktivitäten bestritten. Eigenartigerweise kam es nie zu einer Assimilation mit der autochthonen Bevölkerung, sei es aus religiösen oder sprachlichen Gründen. Bis heute, so der Ethnologie-Professor, bestehen tragischerweise die Animositäten zwischen Teilen der ansässigen Bevölkerung und den Bakschischkieriern fort, die sich unversöhnlich gegenüberstehen und einander schädigen, wo immer sich eine Gelegenheit bietet.

Ob es also denkbar sei, so fragten wir, daß die türkische Zeugin im Falle von J. S. die Aussagen des Opfers lediglich aus dem Motiv heraus bestreitet, ihm zu schaden? Die Antwort des Experten: »Das ist durchaus möglich!«

Die mit der Ermittlung beauftragten Stellen wären also gut beraten, die Worte des Ethnologie-Experten sorgfältig zu erwägen, und die ominöse A. Y. etwas genauer unter die Lupe zu nehmen.

Der WMB meint: Lieber J. S., so schnell wirst du nicht aus der Verantwortung entlassen!

Unter der Leitung von Oberkommissar R. wurde A. Y. daraufhin abermals einer eindringlichen Befragung unterzogen. Was sie denn bewogen habe, die Aussage zu machen? Wie ihre Einstellung zu den Bakschischkieriern sei? Doch wie gewieft auch immer die Befragung durchgeführt wurde, die Zeugin blieb bei ihrer

Aussage. Sie habe die Angaben so gemacht, wie sie den Vorfall erlebt habe. Es habe ihr leid getan, daß der alte Mann für Taten beschuldigt werde, die er nicht begangen habe. Nur deswegen habe sie ihr Zeugnis abgelegt. Bakschischkierier? Keine Ahnung. Sie habe noch nie etwas von denen gehört.

Als dann noch Berthold Schwanensang, nachdem er die letzten Berichte im WÜRMELINGER MORGENBOTEN gelesen hatte, und von seiner Frau getrieben, sich dazu aufraffte, ebenfalls seine Aussage zu machen, war für die ermittelnden Stellen kein Grund mehr vorhanden, den Fall J. S. weiterzuverfolgen. Der Aktendeckel klappte zu.

Daran konnte auch die Demarche der Siglinde Schäfer nichts ändern. Ob sie, die Polizeimeisterin Sonja Gruber, das wirklich wohl bedacht habe, den Fall J. S. nun so mir nichts dir nichts unter den Teppich zu kehren? Ob sie sich überhaupt der publizistischen Tragweite bewußt sei? Welche Konsequenzen das haben könne, in volkspädogischer Hinsicht und wohl auch für sie persönlich?

Nach etlichen Jahren Praxiserfahrung auf der Polizeiwache, besaß Sonja Gruber ein robustes Nervenkostüm. Sie ließ ihre Besucherin ausreden und beschied ihr dann betont höflich, daß sie sich bei ihren Entscheidungen lediglich von ihren Dienstvorschriften, den Gesetzen und eindeutigen Sachverhalten leiten lasse, eventuelle Tragweiten oder Konsequenzen seien für sie dabei in keiner Weise relevant.

Die Sigi ging. Der Aktendeckel blieb zu.

Vier Tage später konnte man auf der fünften Seite des WÜRMELINGER MORGENBOTEN unter der Rubrik »Was sonst noch geschah« lesen:

FALL J. S. ABGESCHLOSSEN

Aufgrund nicht mehr zu klärender Widersprüche und da das Opfer offensichtlich auf eine Zivilklage verzichtet und mit unbekanntem Ziel abgereist ist, wurden die Ermittlungen eingestellt.

Damit war die Rehabilitation des Johannes Schmehl vollzogen.

Johannes Schmehl selbst erlebte die Wiederherstellung seiner Ehre nicht mehr. Er starb im Krankenhaus am gleichen Tage, an dem die Ermittlungen eingestellt wurden. Sein Sohn Peter sorgte dafür, daß er in der Nachbargemeinde eine würdevolle letzte Ruhestätte fand.

Teil 2

Die Heimsuchung der Siglinde Schäfer

In dem alten Backsteinbau, der gar nicht so recht ins Stadtbild passen will, befindet sich heute ein Discountladen. Bis gegen Ende der siebziger Jahre war darin eine Schule untergebracht, und dabei handelte es sich, wie es ein Messingschild neben dem Haupteingang jahrelang kündete, um die »Höhere Lehranstalt für Knaben und Mädchen der Diplompädagogin Herta Gödel«. Der Lehrkörper des Instituts bestand aus drei Pädagogen, Frau Gödel eingeschlossen, und die Anzahl der Schüler schwankte stets um die Fünfzig herum. Die private Lehranstalt erfreute sich über viele Jahre eines guten Rufes, bis ungefähr zu der Zeit, als dort auch Siglinde Schäfer unterrichtet wurde. Herta Gödel war inzwischen an die siebzig Jahre alt geworden, und die Leute sagten, daß ihr allmählich die Zügel aus der Hand glitten. Die Disziplin ließ sehr zu wünschen übrig, und es gab Anzeichen für Mobbing. Obwohl dieser Ausdruck damals noch nicht gebräuchlich war, so gab es doch schon das Phänomen. Ein Mobbing-Opfer soll auch die Sigi gewesen sein, hieß es damals, aber genaueres wußte man nicht oder es interessierte nicht: Ach, die Jugend von heute! Geh' mir weg damit. Die machen ja doch, was sie wollen, besonders die Gödler.

Peter Schmehl hingegen ging auf das städtische Gymnasium am anderen Ende des Ortes, aber es blieb trotzdem nicht aus, daß er der Sigi begegnete, und das kam so:

Sigi radelte zügig in die Wilhelm-Lobegast-Straße, als sie eine Unebenheit übersah, die sie zu Fall brachte. Plötzlich lag sie am Boden mit ihrem leicht verbogenen Fahrrad. Peter Schmehl, von der Mathe-Nachhilfe kommend, eilte herbei, half dem Mädchen sich aufzurichten und hob das Rad auf. Knie aufgeschlagen, Ellenbogen blutig, Schürfwunden am Oberschenkel, da wo der Minirock aufhörte. Doch anscheinend nichts Ernstes. Peter schob das lädierte Fahrrad, Sigi humpelte neben ihm her.

»Jetzt gehn wir erst mal zur Apotheke und besorgen Pflaster und Verbandszeug«, sagte Peter.

»Ich hab' aber kein Geld bei mir«, antwortete die Sigi.

»Macht nix, ich hab' noch 'n paar Mark dabei«, meinte Peter.

Christel Schwanensang nahm die Sigi gleich mit ins Badezimmer und versorgte ihre Verletzungen. Schade, zu gerne hätte Peter ihr die Schürfungen an Ellenbogen, Knie und Oberschenkel selbst bepflastert. Er wartete ungeduldig vor der Theke und sah derweil zu, wie der junge Apotheker die Kundschaft bediente.

Dann kamen Christel und die stellenweise bepflasterte Sigi zurück.

»So, mein Junge, hier hast du deine Freundin wieder, und paß gut auf sie auf«, scherzte Christel, und Peter errötete leicht.

»Laß' dein Taschengeld stecken; Erste Hilfe ist gratis«, lächelte Berthold Schwanensang, als Peter seinen Geldbeutel zog.

Ehrensache, daß er die Sigi bis nach Haus begleitete und ihr das Rad schob. Leider fiel ihm auf dem Weg nichts Erwähnenswertes mehr ein, und auch die Sigi sprach nicht. Am Gartentörchen gab sie ihm die Hand. »Vielen Dank für alles. Na denn, tschüs!«

Peter wurde heiß ums Herz, dann sprudelte er heiser hervor, ob sie morgen, um vier Uhr nachmittags Zeit habe, Eis essen zu gehen im »Venezia«?

Sigi schaute ihn einen Moment kurz an, knabberte etwas an der Oberlippe und sagte: »Meinetwegen, also bis morgen um vier«, schüttelte ihre blonde Mähne, machte kehrt und verschwand im Haus.

Kritisch schaute sich Peter im Spiegel an. Die Pickel am Kinn kamen und gingen, doch die Sommerspros-sen würden wohl bleiben. Und seine widerspenstigen roten Haare – die waren nun mal sein Handicap, und darunter litt er. Er klatschte sich eine tüchtige Portion von Vaters Rasierwasser ins Gesicht, so daß ihm die Eiterpickel wie Feuer brannten, zog sich das blüten-weiße Pilotenhemd an und machte sich eilend auf den Weg, denn es war schon Viertel vor vier.

Das »Venezia«, das es nun auch schon lange nicht mehr gibt, war ein beliebter Treffpunkt für junge Leu-te. Man saß an kleinen Plastiktischen und löffelte Eis aus verkratzten Metallschalen. Wer ein paar Pfennige übrig hatte, steckte sie in die Musikbox und bestellte sich die letzten Hits aus der Rock- und Beatszene, und sogar die neuesten Lieder von Paco Dulci erklangen mitunter, wenn es einem besonders romantisch veran-lagten Mädchen danach zumute war.

In zittriger Erwartung saß Peter auf dem Plastiksche-mel. Sehr pünktlich war sie also nicht. Endlich, fünf nach vier kam sie herein. Schade, statt ihres hübschen Miniröckchens hatte sie heute Jeans an, und statt der rosafarbenen engen Bluse trug sie einen weiten Pullover. Nun, ja, es war ja auch etwas kühler geworden heute. Ihre Haare hatte sie straff nach hinten zu einem Pferdeschwanz gebunden. Ihr Gesicht wirkte dadurch etwas strenger. Um jeden Verdacht der Aufdringlichkeit zu vermeiden, mied es Peter, ihr zu oft in die blauen Augen zu schauen. Er tat es daher nur ab und zu, und immer nur für ein schickliches Weilchen.

Wie es ihr ginge, ob die Verletzungen noch wehtäten, ob das Fahrrad wieder in Ordnung gebracht werden könne und ob er dabei behilflich sein könne?

Ja, es ginge ihr gut. Die Verletzungen täten kaum noch weh. Das Fahrrad könne repariert werden; ein Freund aus der Nachbarschaft kümmere sich bereits darum.

Pause.

Er, Peter, spiele in einer Jazzband: Schlagzeug.

Sie, die Sigi spiele Gitarre.

Musik macht Spaß.

Ja.

Pause.

»Magst du noch ein Eis?« fragte Peter, obwohl sie ihr erstes Eis noch gar nicht aufgegessen hatte, aber irgendetwas mußte er doch sagen.

»Nein, danke. Aber ich muß jetzt geh'n.« Ehe Peter es hindern konnte, hatte Sigi schon bezahlt, und für ihn mit.

»Aber, ich …«

»Nein, nein. Laß schon gut sein. Und nochmals vielen Dank wegen gestern. Jetzt sind wir quitt. Tschüs!«

Und dann war sie weg.

Doch aus Peters Sinnen war sie noch lange nicht weg. Stundenlang grübelte er von da an über Strategien, wie er die Sigi gewinnen könnte. Und wer zum Teufel war jener »Freund aus der Nachbarschaft«? Wenn er das nur wüßte, o, er würde ihn so kräftig in den Arsch treten, daß ihm alle Lust auf die Sigi und ihr Fahrrad verginge!

Er wurde Mitglied im Sportverein, weil ihm jemand sagte, daß die Sigi dort Tennis spiele. Er schrieb ihr Gedichte und zerriß sie wieder. Er schrieb ihr einen Brief, drei Seiten lang – gut eine Woche feilte er daran herum. Dann steckte er ihn in den Briefkasten, und als er drin war, wurde ihm heiß, und er hätte ihn am liebsten wieder herausgeholt und zerrissen.

Er wartete vergeblich auf eine Antwort von der Sigi.

Er schrieb ihr noch einen Brief; ob sie aus irgendwelchen Gründen seinen ersten Brief vielleicht nicht bekommen habe?

Keine Antwort.

Seine Schulleistungen wurden schlechter. Verträumt saß er in der letzten Bank, und statt des binomischen Lehrsatzes visualisierte er die blauen Augen, die wallenden blonden Locken und das Miniröckchen der Sigi.

Was Peter auch immer ersann und versuchte – seine Sehnsucht blieb unerfüllt.

Die Sigi absolvierte bei Frau Gödel ihr Abitur und wenig später auch Peter, so gerade noch, im städtischen Gymnasium. Seine Gedichte und Kurzgeschichten fanden Anklang beim WÜRMELINGER MORGENBOTEN, der damals noch patriarchalisch und souverän von dessen Eigentümer geführt wurde, und der war dem Peter gewogen. Peter bekam von ihm eine Lehrstelle und beschritt die Journalistenlaufbahn, von der Pike auf, wie man damals sagte.

Die Sigi aber zog nach St. Ignaz, um dort Theologie zu studieren. Aus dem Kreis ihrer Kommilitonen wählte sie sich einen Ehemann aus, der Kornelius hieß und von ihr zärtlich »Körnchen« genannt wurde. Nach erfolgreicher Beendigung ihres Studiums kam sie mit Körnchen zurück nach Würmelingen, um dort die Pfarrstelle zu besetzen.

Peter widmete sich ganz seinem Beruf, vergaß die Sigi, aber nur ein bißchen, und lernte im Sportverein seine Renate kennen. Die Renate war nicht ganz so attraktiv wie die Sigi, aber sie war eine gute Kameradin und warmherzig, und Peter entschloß sich, daß sie ihn von der Sigi-Manie erlösen solle. Und die Zukunft sollte erweisen, daß ihr das ziemlich gut gelang.

———————————

Jeder im Ort, ob er sie nun schätzte oder nicht, und sogar Peter Schmehl, mußte zugeben, daß die Pfarrerin Siglinde Schäfer eine ausgesprochen gutaussehende Frau war. Wenn sie in ihrem sakralen Gewand, das ihre gute Figur immer noch erahnen ließ, mit wehendem Goldhaar und ausgreifender Gestik auf der Kanzel stand und ihre flammenden Predigten hielt, wurde sie von so manchem Gemeindemitglied mehr andachtsvoll und versonnen betrachtet als angehört. Und auch wenn sie profan gekleidet war, konnte sie sich sehen lassen: Elegant, geschmackvoll und trotzdem keineswegs herausfordernd. Das war die Sigi: attraktiv und doch gediegen. Durch und durch seriös, mit einem Charme, der allerdings zuweilen etwas herbe Nuancen annahm.

Dumm war sie auch nicht. Mit beachtlichem Erfolg hatte sie Theologie und Soziologie studiert. Ihre

Amtsführung zeichnete sich durch ein gerüttelt Maß an aktueller Zeitgeistkonformität aus; und einigen fiel auf, daß sie in ihren Predigten öfter Brecht und Marcuse zitierte als die Worte des Heilands, und insbesondere die ältere Generation dachte mit Wehmut an die Zeiten des alten Pastors Winterfeld zurück, als im Kirchenchor noch Choräle von Martin Luther und Paul Gerhardt gesungen wurden statt Gospels und Folk Music. Ihre Aktivitäten beschränkten sich jedoch keineswegs nur auf ihre Aufgaben als Pfarrerin, denn sie mischte auch in der Lokalpolitik kräftig mit, und Xenophilia konnte sich zur konsequenten Verfolgung ihrer Ziele kein besseres Oberhaupt wünschen. Natürlich, es gab auch Gemeindemitglieder, die bemängelten, daß die Sigi sich zu wenig um die eigentliche Seelsorge kümmere. Sigis Horizont war eben weiter gesteckt. Mein Gott, wenn im Haus nebenan ein einsamer Tattergreis jammerte oder im Pflegeheim jemand gern aufhören würde zu leben und nicht durfte – um solche Einzelfälle konnte sich die Sigi nun wirklich nicht auch noch kümmern. Es gab dringendere Aufgaben, wie z. B. den Kampf gegen die Diskriminierung der Vegetarier in Neu-Guiñol oder den Einsatz für die diskriminierten Utschururier in Bakalutschistan.

Ihr Weltbild stand fest und unerschütterlich und es war ihre Heimat. Materielle Ambitionen hatte sie kaum, das konnte ihr niemand vorwerfen. Gewiß, sie stand dank ihrer Herkunft und ihres Ehemannes auf einer recht soliden wirtschaftlichen Basis. Als einziges Kind hatte sie ein beachtliches Vermögen und eine nette kleine Villa geerbt, dazu kam noch die Mitgift, die Körnchen mit in die Ehe brachte. Körnchen führte den Haushalt; er ging einkaufen, putzte, bügelte und bemühte sich stets nach Kräften, seiner Sigi ein guter Hausmann zu sein.

Wer sich hohen Aufgaben widmet und sich stets unerschrocken allen Unbilden der Weltlichkeit stellt, muß ein starkes Seelenkorsett besitzen. Und auch das konnte man der Sigi zubilligen, nachdem sie so manches Drangsal aus ihrer Jugendzeit überwunden hatte. Sie steht und kämpft für ihre Realität. Realitäten, die ihrem Denkschema zuwiderlaufen, werden ausgeblendet und eliminiert. Das war eine unabdingbare Schutzmaßnahme, denn, wenn man allen Facetten des Seins Beachtung zollte – wo käme man da hin? Man würde sich fürchterlich verzetteln und in einem erbärmlichen, dilettantischen Gewurstel versinken.

Der Silberkelch-Wirtwirt hatte eine Angewohnheit, die er mit vielen anderen Menschen teilte: Wenn er sich in einer unbequemen Situation befand, pflegte er sich am Ohr zu kratzen. Aber das, was er jetzt ständig tat, geschah unabhängig von aktuellen Unbequemlichkeiten. Es juckte und kratzte ihn überall, und nicht nur ihn, sondern auch die gesamte Belegschaft seines Gasthofes litt mehr oder weniger stark unter lästigem Juckreiz.

Der Hautarzt diagnostizierte: Ungezieferbefall. *Pediculus humanus corporis* und *Pulex irritans illiricus*, auf deutsch: Läuse und Flöhe, und zwar einer ganz besonders resistenten und migrationsfreudigen Spezies. Da leider auch die Räumlichkeiten des gesamten Gastronomiebetriebes mehr oder weniger betroffen schienen, wurde ein Kammerjäger konsultiert, damit er eine Untersuchung durchführe. Der befürchtete Verdacht bestätigte sich. Der Experte empfahl dringend eine intensive Ausgasung aller Räumlichkeiten.

Kurze Zeit später konnte man auf einem Schild am Eingang des Gasthofs »Zum Silbernen Kelch« lesen: »Wegen dringender Renovierungsarbeiten vorübergehend geschlossen«.

Der Wirt wurde erneut bei der Sigi im Pfarramt vorstellig, begrüßte sie forsch mit Handschlag und trug seine Beschwerde vor. Die Sigi ließ ihn erst einmal ausreden, doch dann war sie am Zuge: Wie um Gottes willen er denn darauf komme, einen Kausalzusammenhang zwischen der Bakschischkierierin und seinem Ungezieferproblem zu konstruieren? Das kenne man leider zur Genüge, daß Angehörige ethnischer Minderheiten kurzerhand zu Sündenböcken für alle erdenklichen Mißgeschicke gemacht würden! Und nun auch er, der Silberkelch-Wirt! Ob er den Vorwurf wirklich aufrechterhalten wolle? Bitte, wenn er sich nicht schäme, der Rechtsweg stehe ihm natürlich offen! Erst das Gezeter wegen seines dämlichen Kelches und nun die Flöhe? Was um Himmels willen werde ihm denn noch alles einfallen? Wenn er sich auf diese Weise durchaus als Ausländerfeind outen wolle ... Nur zu! Gott sei Dank gebe es noch genug anständige Menschen in Würmelingen, die sich gegen ihn und seinesgleichen zu wehren wüßten. Sonst noch was?

Der Silberkelch-Wirt kratzte sich an seinem Bart und auch sonst noch hier und da, erhob sich dann, brummelte etwas Unverständliches vor sich hin und schied schüttelnden Kopfes.

Die Sigi sah ihm grimmig, aber auch etwas nachdenklich hinterher. Eigentlich ein armer Teufel, dachte sie; aber sie hatte ja noch eine alte Rechnung mit ihm offen, also war hier kein falsches Mitleid am Platz. Schon möglich, daß ihm die Bakschischkierierin das Ungeziefer als Andenken hinterlassen hatte. Aber Vorsicht! Assoziationen zwischen Migranten und Ungeziefer durfte man gar nicht erst aufkommen lassen! Den Anfängen wehren! Gegensteuern! Hoffentlich hatte der Silberkelch-Wirt das kapiert. Andererseits – wäre es nicht vielleicht doch besser gewesen, die Frau auf Erwin Spettmanns Luftmatratze »hinterm Parawang« übernachten zu lassen? Billiger wär' es auch gewesen. Aber – der Silberknilch sollte sich nicht so anstellen. Schließlich hatte er ganz schön an der armen Frau verdient. Egal. Die Sache war gelaufen. Schwamm drüber. Ohne es eigentlich zu bemerken, kratzte sie sich erst am rechten Arm und dann auch unter ihrem schönen lockigen Haar.

Wenig später, nachdem sich der Silberkelch-Wirt getrollt hatte, bekam die Pfarrerin wieder Besuch.

»Also ährlich, Frau Pfarrerin, ich hab doch Augen im Kopp. Wenn ich's Ihnen sag: Der Kelch is wieder da«, beteuerte Erwin Spettmann gegenüber der ungläubig dreinblickenden Sigi. »Genau wie vorher in dem Glasspind da gegenüber vonne Theke steht er, nur tut er gez vielmehr glänzen. Is mir gleich aufgefallen, als ich heute Morgen mit dem Kammerjäger reingekommen bin. Wissen se, ich helf' dem nämlich bei seine Arbeit, so nebenbei, für bar auf die Kralle, aber bitte nich weitersagen.«

Die Sigi kratzte sich an ihrem rechten Arm, bis er wund war und griff dann zum Telefon. »Da ist mir der Specht eine Erklärung schuldig!« zischte sie.

Letzterer ließ die Sigi erst mal ausreden und dann antwortete er umständlich, ja, der Kelch sei wieder da. Ein hausinternes Mißverständnis, er bedauere die entstandene Aufregung und die Sache sei ja jetzt erledigt.

Von wegen erledigt. So schnell ging die Sigi nicht zur Tagesordnung über. Ob er sich jetzt eigentlich nicht schäme, eine Unschuldige des Diebstahls bezichtigt zu haben? Noch dazu eine Migrantin, der hier in Würmelingen unsägliches Leid widerfahren sei? Und dem allen setze er nun noch die Krone auf, indem er die arme Frau auf infame Weise kriminalisiere? Und jetzt auf einmal sei das Corpus delicti wieder da und Schwamm drüber, Fall erledigt. Ha, ha, ha! »Das, mein lieber Specht, wird noch ein Nachspiel haben!« donnerte sie und knallte den Hörer auf.

Die Sigi setzte ein grimmiges Lächeln auf, das dem Liebreiz ihres sonst so hübschen Antlitzes einen leichten Abbruch tat.

»Mein lieber Spettmann, ich sage Ihnen: so nicht, so nicht!« sprach sie mehr zu sich selbst.

»Is schon eigenartig, dat mein' ich auch«, stimmte Spettmann zu. »Aber mal ährlich gesehen, ham wir doch alle gedacht, dat die Bakschischfrau den Kelch mitgenommen hat. Nu war er halt nur vorübergehend abwesend, inne andere Stube für zum Putzen. Und Sie, Frau Pfarrerin, ham auch zuerst gemeint, dat die Frau den Becher geklaut hat. Zugegeben, Sie ham das anders gesagt, von wegen kleines Andenken mitgenommen und so. Und der Winfried, der is eigentlich kein üblen

Kerl, und ich mein' mal, daß der da nich für kann, für die falsche Kriminalisierung von der Bakschischfrau. Sache is natürlich, dat die Frau unschuldig is, un dat wissen wer nun. Und ich mein' ja auch immer, wenn einer nich klaut, is dat 'n anständiger Mensch. Und gez isse weg, und ma ganz ährlich gesagt, gez kräht doch kein Hahn mehr nach der.«

Die Sigi winkte unwillig ab.

Wovon Erwin Spettmann keine Ahnung hatte, das war der unterschwellige Groll, den die Sigi immer noch gegen den Silberkelch-Wirt hegte. Er hatte seinen Ursprung im sogenannten Würmelinger Kulturkampf, der nach zähem Ringen zu Gunsten Winfried Spechts ausgegangen war: Auf der Suche nach Gründen, warum der bei ihr sonst immer überdurchschnittlich hohe Gottesdienstbesuch zurückging, war ihr der »Kelch am Sonntag« (kurz KamS genannt) ins Blickfeld geraten. Der KamS war Winfried Spechts Happy Hour, und die fand sonntags von halb elf bis zwölf statt und erfreute sich zunehmender Beliebtheit. Die Pfarrerin ersuchte den Wirt, seine Happy Hour zeitlich zu verschieben, damit die nicht länger mit dem Gottesdienst kollidiere, doch Specht war dazu nicht bereit. Solle sie doch die Zeiten ihres Gottesdienstes verschieben, hatte er gesagt. Die Sache schaukelte sich dann hoch, denn beide Seiten blieben stur. Lokaljournalist Peter Schmehl nahm sich des Streitfalls in einer Glosse an, womit er zusätzlich Öl ins Feuer goß und auch noch ziemlich deutlich Partei für den »Silbernen Kelch« ergriff. Sein Schlußsatz, daß man akzeptieren müsse, daß eben offensichtlich »die Nachfrage nach weltlichem Trunk für die Kehle größer sei als die nach spirituellem Brot für die Seele«, hatte die Sigi besonders verdrossen, und die Leute sagten, sie sei darüber sehr ungehalten gewesen.

Die Sigi hatte Spettmanns Ausführungen gar nicht richtig zugehört. Sie war sich wohl auch kaum darüber im klaren, daß es eigentlich der verlorene »Kulturkampf« war, der ihrem Grimm gegen Winfried Specht immer noch die Grundnahrung gab. In Gedanken konzipierte sie schon ihre nächste Sonntagspredigt. Doch dazu sollte es dann auf Grund anderer Vorkommnisse gar nicht mehr kommen.

———————

»Hic Rhodos, hic salta, liebe Sigi«, sagte sich Peter Schmehl, und eingedenk des Versprechens, das er sich selbst am Sonntag zuvor beim Verlassen des Gottesdienstes gegeben hatte, verfaßte er einen Artikel für den WMB. Er ging ihm flott von der Hand, und schon nach kurzer Zeit lehnte er sich zufrieden zurück und überflog noch einmal sein Werk:

EIN ZEICHEN WIRD GESETZT: PFARRERIN SCHÄFER ÖFFNET IHR HAUS FÜR ETHNISCHE MINDERHEITEN UND OBDACHLOSE AUSLÄNDER

»Es werden so manche schöne und ergreifende Worte zum Schicksal ethnischer Minderheiten mit Migrationshintergrund geredet. Alle jammern Betroffenheit, doch keiner tut wirklich etwas«, erklärte die charismatische Pfarrerin, die sich in ihrem unermüdlichen Einsatz für unterprivilegierte Mitmenschen und gegen deren Diskriminierung weit über Würmelingen hinaus einen Namen gemacht hat. Nun geht sie noch einen entschei-

61

denden Schritt weiter: Sie habe sich nun entschlossen, den vielen Worten Taten folgen lassen und werde ein Zeichen setzen, kündigte sie an. Sie werde eine sogenannte südländische Familie oder sonstige obdachlose Menschen mit Migrationshintergrund in ihrem eigenen Haus aufnehmen. Die erste obdachlose Ausländerfamilie, die an ihre Pforte klopfe, werde Brot und Obdach in ihrem Heim erhalten. Das, so ihre Überzeugung, sei praktizierte statt proklamierte Nächstenliebe, die zu echter Integration ethnischer Minderheiten führe. Und vor allem: Der enge, alltägliche Kontakt mit den vermeintlich »Andersartigen« würde so fast spielerisch dazu führen, daß alteingesessene Vorurteile endgültig überwunden würden und in Vergessenheit gerieten.

Sie sei sicher, daß es nicht allzu lange dauere, bis sie ihr Versprechen einlösen könne; zu groß sei die Zahl und die Not der heimatlos wandernden Menschen fremder Herkunft, die einsam und unbeachtet über unsere Straßen ziehen. Siglinde Schäfer hofft, daß andere ihrem Beispiel folgen werden. »Wer ein Haus hat, sollte auch ein Herz haben«, sagt die ebenso charmante wie resolute Pfarrerin Schäfer. Noch sei sie zuversichtlich, daß man bald von Würmelingen als einer wahren weltoffenen Stadt sprechen werde. Der WMB unterstützt die Aktion und fragt seine Leser: Wer macht mit?

»So, Sigi, jetzt sind wir quitt«, sagte sich Peter und machte den Laptop zu. Zwar hatte er Bedenken, daß der Artikel beim interredaktionellen Kontrollgremium kritisch hinterfragt werden könnte, doch seine Besorgnis erwies sich als unbegründet. Daran, daß der Beitrag politisch überaus korrekt war, bestand kein

Zweifel und seltsamerweise hinterfragte auch niemand den Wahrheitsgehalt. Niemand kam auf die Idee, daß die Meldung nicht stimmen könnte, und keiner maß der Tatsache eine Bedeutung bei, daß der Artikel für die Ausgabe des 1. April vorgesehen war.

Was an Schmehls Bericht allerdings zutraf, war, wie jedermann wußte, daß zur nämlichen Zeit in der Tat etliches fahrendes Volk im Großraum Würmelingen unterwegs war. Es kann vermutet werden, daß die Migrantenszene von Schmehls Artikel Kenntnis erhielt, sei es, daß man in deren Kreisen die Lokalpresse las oder daß diese von jemandem darauf aufmerksam gemacht wurde. Auf jeden Fall dauerte es nicht lange, und das Angebot der Sigi war in aller Munde und sollte als »die Zeichensetzung« in die Stadtgeschichte eingehen.

――――――――――

Die beste Wohngegend von Würmelingen war anerkanntermaßen das sogenannte Märchenviertel, und in demselben vor allem die Rapunzelstraße. Und hier, in der Nr. 10, wie stets, wenn es die Witterungsverhältnisse einigermaßen erlaubten, äugte die hochbetagte Erna Voigt aus ihrem Mansardenfenster und betrachtete das spärliche Treiben auf der Straße. Neben ihr, zur Linken in der Ecke des Fenstersimses, stand ein vergilbter Kaktus und zu ihrer Rechten auf einem Extrakissen hockte ihr phlegmatischer Kater Holofernes. Heute war Frau Voigt besonders erwartungsvoll; sie hatte den WÜRMELINGER MORGENBOTEN wie immer aufmerksam studiert und nun wollte sie doch genau mitbekommen, ob und wann im Hause gegenüber bei der Pfarrerin jemand fremder erschiene und die Zeichensetzung nutzen werde.

Neben dem Gartentürchen der Schäfers standen ein paar Presseleute mit ihren Kameras, die ebenfalls der kommenden Ereignisse harrten. Sie unterhielten sich miteinander und rauchten Zigaretten. Wie gut, daß die Sigi das nicht sah, denn Tabakgenuß war ihr ein Greuel.

Da öffnete sich die Tür des Schäferhauses. Es erschien Körnchen, schaute flink nach rechts und nach links, so wie ein Eichhörnchen aus dem Baumloch lugt und durcheilte dann den Vorgarten. Er wirkte sehr verstört. Die Journalisten hielten ihn an – ob die Pfarrerin zu sprechen sei und ob sie Besuch erwarte? Frau Schäfer sei indisponiert, leide unter Migräne. Sie bedürfe der Ruhe und sei bis auf weiteres für niemanden zu sprechen. Und ehe die Presseleute noch weitere Fragen stellen konnten, entschlüpfte ihnen Körnchen und eilte flugs von dannen.

Apotheker Schwanensang bediente den verstörten Körnchen mit besonderer Aufmerksamkeit, und dessen Redeschwall analysierend meinte er, jetzt sei erst einmal Ruhe angesagt. Er möge sich erst mal dort in die Ecke setzen und einen Kräutertee trinken. Körnchen tat, wie ihm geheißen. »Ach herrje, ach herrje, was soll nun werden?« murmelte er vor sich hin, mal an seinem abgenagten Fingernagel knabbernd, mal am Tee schlürfend. Schwanensang redete ihm gut zu,

»Also gegen die Migräne und den Nervenzusammenbruch ihrer Frau gebe ich Ihnen diese zwei Medikamente mit und eine Tüte Baldriantee.«

»Ja und was empfehlen Sie mir gegen das Ungeziefer? Meine Frau hat sich schon ganz blutig gekratzt, so sehr juckt es sie. Überall, überall!«

»Also, ich bin Apotheker und eigentlich kein Kammerjäger«, meinte Schwanensang sanft, »aber nehmen Sie mal diese Salbe gegen Insektenstiche mit, und hier habe ich noch ein spezielles Badesalz. Warten Sie – hier haben Sie auch noch Sprühmittel, für eine kleine Ausgasung sozusagen.«

Dankbar nahm Körnchen alles entgegen. Schwanensang begleitete den Kunden zur Tür, achtete dabei aber auf körperliche Distanz; doch seine Vorsicht war unbegründet, denn eigenartigerweise war Körnchen immun gegen Ungeziefer. Die Viecher mochten ihn einfach nicht – seine Frau dafür leider um so mehr.

Erna Voigt und Holofernes schauten erstaunt auf den Lieferwagen des Blumenhändlers »Würmelflor« hinunter, der eben vor dem Schäferhaus hielt. Ein junger Bursche stieg aus und brachte einen enormen Blumenstrauß. Er klingelte vergeblich, die Tür blieb zu. Nach ein paar Minuten des Wartens deponierte der Lieferant das Bouquet nebst einem Begleitbrief vor der Haustür und machte kehrt. Bevor er jedoch davonfuhr, beantwortete er brav die Frage einer der herumlungernden Reporter, von wem denn die Blumen kämen?

»Von Bürgermeister Sülzer-Bräsig.«

Inzwischen hatte sich vor dem Pfarrhaus auch eine Schar Kinder eingefunden, unter denen das Gerücht ging, eine große Menge Zigeuner sei im Anmarsch, um das Pfarrhaus zu stürmen. Endlich war mal was los in Würmelingen, das durfte spannend werden! Geduldig warteten die Kinder. Unter ihnen, etwas im Hintergrund, bekicherten sich Jennifer Schwanensang und Hansi Klönz, und ganz vorne, in erster Reihe, hatte sich Markus Strohmayer aufgestellt und neben ihm, angeleint, saß vor sich hindösend, Waudi Schmehl.

In schicklicherem Abstand lungerten auch erwachsene Bürgerinnen und Bürger herum, die ihre Neugier aber zu verbergen trachteten. Und auch ein Eisverkäufer hatte sich eingefunden, der gute Geschäfte machte. Am Küchenfenster des Nachbarhauses schob Frau Müller-Mergentheim ab und zu zaghaft die Gardine zurück und äugte verstohlen heraus, denn auch sie war auf dezente Weise wißbegierig.

Es herrschte seltsame Stille. Man spürte deutlich, daß etwas in der Luft lag. Nur das Gezwitscher der Vögel und das gedämpfte Getuschel der Leute war zu hören. Doch dann erschien Oberwachtmeister Grumper auf seinem Dienstrad und erklingelte sich Beachtung. Behäbig stieg er vom Rad, kettete es an den Schäferschen Gartenzaun und begann, die Lage in dienstlichen Augenschein zu nehmen. Einige Leute sprachen ihn an, was er denn wisse, doch der Beamte wiederholte nur immer, daß von Amts wegen nichts bekannt sei und forderte das Volk auf, sich zu zerstreuen.

Nur ganz kurz öffnete die Sigi einmal doch die Haustür, schnappte sich schnell den Blumenstrauß, und ehe sich die Reporter auf sie stürzen konnten, knallte sie die Tür wieder zu.

Ein bißchen später: Mit der Rechten die Apothekertüte umklammernd und mit der Linken jedes Interviewbegehren der Journalisten abwehrend, schlüpfte Körnchen, sich resolut eine Gasse durch die Kinderschar bahnend, eilends ins Haus.

Sigis Gesundheitszustand war nach wie vor schlecht. Die Jalousien waren heruntergelassen, das Bett zerwühlt. Die Sigi lag auf dem Bauch. In der Ecke, achtlos dahingeschmissen, lagen die Blumen des Bürgermeisters und auf dem Boden befand sich der zusammengeknüllte Begleitbrief.

Leise, um seine Frau nicht zu wecken, näherte sich Körnchen und hob den Brief auf, glättete ihn und begann zu lesen:

Verehrte Frau Schäfer!

Gestatten Sie mir, daß ich Ihnen persönlich sowie auch im Namen der gesamten Bürgerschaft meine Hochachtung ausspreche für Ihr beispielhaftes Angebot, eine Familie mit Migrationshintergrund in Ihrem Hause zu beherbergen.

Bravo, Frau Schäfer! Möge Ihre großherzige Geste weitere Bürger unserer Stadt dazu bewegen, es Ihnen gleichzutun. Sie haben dafür ein großartiges Zeichen gesetzt! Ich darf sagen: Sie haben sich nicht nur um die Stadt, sondern auch um die Menschheit im allgemeinen verdient gemacht!

Ihr Sie hoch verehrender

Sülzer-Bräsig, Bürgermeister

Am Nachmittag brachte Körnchen seine kränkelnde Frau nach St. Ignaz zu ihrer Mutter, auf daß sie sich dort ein paar Tage erhole. Die Abreise erfolgte durch den Hinterausgang zum Garten, um den Reportern zu entgehen. Körnchen, so lauteten die Anweisungen der Sigi, sollte sehen, wie er mit der Situation klarkam.

»Ach herrje, ach herrje«, murmelte er, nervös an seinem Daumennagel knabbernd, »was soll ich nur tun, wenn sich nun die Migranten melden und Obdach heischen?«

»Werd' nicht hysterisch!« bellte ihn die Sigi an. »Denk' nach und sieh' zu, daß wir glimpflich aus der Sache rauskommen! Laß' dir was einfallen. Ich bin krank. Ich kann nicht mehr! Sei endlich mal ein Mann!«

»Ach herrje, ach herrje«, seufzte Körnchen noch einmal, aber leise, um seine Frau nicht unnötig aufzuregen. Er verstaute ihren Koffer im Heck, während die Sigi selbst alle ihre Schmucksachen, die sie trotz der Eile noch sorgsam in ein Extraköfferchen gepackt hatte, mit sich auf den Beifahrersitz nahm, dort auf ihren Schoß plazierte und mit beiden Händen umklammerte.

»Nun fahr' doch endlich los!« wimmerte sie ihn an.

Es ergab sich, daß Körnchen tags darauf mit Erwin Spettmann im »Goldenen Zapfhahn« zusammentraf. Normalerweise pflegte er dieses Lokal nicht aufzusuchen, galt es doch als kleinstbürgerlich und verräuchert, und die Sigi mied es. Frau Müller-Mergentheim soll sogar mal gesagt haben, daß alles, was dort verkehre, tätowiert und vorbestraft sei. Nur zögernd hatte er das Lokal betreten und sich dann doch an die Theke neben den pensionierten Bergmann gesetzt. Feuchte, leicht versiffte Bierdeckel lagen verstreut auf der Theke herum, und es roch nach verschüttetem Bier und mittelfrischen Frikadellen. Der Fernseher über der Theke beduldete die Gäste mit Werbemüll.

Niemand konnte Erwin Spettmann Kontaktscheue vorwerfen, und so kam er schnell mit Körnchen ins Gespräch. Das sei ja ganz toll, ehrlich, was die Pfarrerin da verkündet habe. Er selbst sei natürlich auch bereit, jemanden Fremden aufzunehmen, aber 'ne ganze Familie, dat ging nich, wegen seiner kleinen Wohnung. So wie neulich, 'ne alleinstehende Dame, wie die Bakschischfrau, da habe er sich ja bereiterklärt. Seine Vermieterin könne das bezeugen, er könne sie ruhig mal fragen! Aber ganz ährlich, wenn wieder 'ne Bakschischfrau käme, die könne man ihm ruhig schicken. Körnchen überlegte kurz, ob er dem braven Mann von dem eingeschleppten Ungeziefer berichten solle, aber dann ließ er es doch lieber sein.

»Ich weiß, lieber Spettmann, Sie sind ein hochanständiger Mensch«, sagte er stattdessen, klopfte ihm auf die Schulter und lud ihn zu einem weiteren Pils ein. Warum sollte er nicht noch ein Bier mit Spettmann trinken? Die Sigi war ja nicht da, sollte sie sich ruhig bei ihrer Mutter erholen. Er selbst, verdammt noch mal, brauchte auch mal eine Abwechslung, und wenn es nur ein paar Pils mit Spettmann waren. Den ganzen Tag lang war er hinter zugezogenen Gardinen allein im Haus geblieben, vor dem die Journalisten nicht müde wurden, auf die Ankunft einer Migrantenfamilie zu warten. Und die alte Voigt mit ihrem Holofernes hat auch kaum ihren Beobachtungsposten verlassen. Ganz zu schweigen von den übrigen Gaffern. Das alles ging ihm schon auf die Nerven. Da tat ein kleiner Plausch an der Theke mit Erwin Spettmann schon gut.

Spettmann hatte noch zwei Pils bestellt. »Übrigens, ich heiße Erwin, Erwin is mein Name, meinzwegen kannze du zu mir sagen.«

»Einverstanden«, erwiderte sein Trinkgefährte, »und ich heiße Kornelius. Pröstchen!«

Körnchen wankte gegen elf Uhr abends heim. Die Journalisten waren weg, und auch die Kinder. Gott sei Dank. Ein Blick nach oben bestätigte ihm, daß sich die alte Voigt auch schon zu Bett begeben hatte, denn das Fenster war dunkel. Dann ging Körnchen auch zu Bett.

Am nächsten Morgen jedoch, Körnchen war gerade dabei, die Gartenblumen zu gießen, war es so weit. Erna Voigt lehnte sich weit aus dem Fenster, ihr Mund stand offen, und auch Holofernes beugte sich vor, den leicht geknickten Schwanz steil in die Höhe streckend.

Vor dem Pfarrhaus in der Rapunzelstraße 9 hielt ein leicht verbeulter Chevrolet mit Wohnanhänger. Ein grobgebautes, gestandenes Mannsbild südländischen Aussehens stieg aus und schritt auf das Gartentor zu. Körnchen wischte sich die Hände an seiner Gärtnerschürze ab und stellte sich kühn der Herausforderung, die nun, nach etlichen Tagen des Wartens, ganz offensichtlich eintrat.

Er erinnerte sich an die Worte, die ihm seine Frau bei ihrer Abreise ans Herz gelegt hatte, daß er nun endlich mal ein Mann sein solle.

»Ja«, sagte Körnchen, »das alles mag schon so sein, lieber Herr, aber die Frau Pfarrerin ist zur Zeit leider verreist.« Er selbst, so gestikulierte Körnchen, sei eigentlich nicht kompetent. Seine Frau, die Pfarrerin, sei die Hauseigentümerin und er besitze keine Vollmachten. Und es tue ihm leid und …

Nein, nein, meinte der Mann südländischen Aussehens in gebrochenem Deutsch und ausgesprochen lebhafter Gestik, er begehre ja keine Unterkunft, er bäte
nur darum, sein Auto und den Wohnwagen hier für ein
paar Nächte parken zu dürfen. In seinem Wohnwagen
müsse er einiges reparieren, in aller Ruhe. Also nicht
ins Haus? Erleichtert willigte Körnchen ein und machte bereitwillig das große Zufahrtstor zum Garten auf.

———————————

Würmelingen war eigentlich kein Ort, der in den gän-
gigen Reiseführern Erwähnung fand, und nur selten
verlor sich ein Fremder dorthin. Zwar hatte die Gemeinde erst vor zwei Jahren eine Hochglanzbroschü-
re herausgebracht, die auf einige Sehenswürdigkeiten
hinwies, wie z. B. einige spärliche Überbleibsel der
mittelalterlichen Stadtmauer (deren größter Teil jedoch
der Spitzhacke zum Opfer gefallen war, als man fünf
Jahre zuvor die Umgehungsstraße gebaut hatte) sowie
das alte Fachwerkhaus mit der Schwanenapotheke, das
angeblich aus dem 17. Jahrhundert stammte; doch es
wäre vermessen, zu glauben, man könne mit alledem
nennenswerten Tourismus anlocken.

Polizeimeisterin Sonja Gruber war daher überrascht,
als eines Abends ein Amerikaner die Wache betrat. Ihr
schlauer Blick erkannte sofort, daß es sich um einen
Touristen handelte: Baseballkappe, Lederjacke, Jeans,
Sandalen, Reiseführer in der Hand (»Europe in 7 days,
Pope included«).

Der arme Mann war in Not. Er selbst schien zwar
gefaßt und nahm sich zusammen, doch draußen im
Auto saßen seine Frau und seine Tochter und weinten.

Er hatte, wie er der Polizistin erzählte, mit seiner Familie auf dem Autobahnparkplatz eine Pause eingelegt, und dann hätten sie einen kleinen Spaziergang durch das kleine Wäldchen dort unternommen. Und dann war es passiert: Er hatte gedacht, sie habe das Auto abgeschlossen, und sie hatte gedacht, er habe es getan. Fazit: Ein ausgesprochen gründlicher Diebstahl. Nicht nur das Gepäck, sondern auch die Dokumente: Führerscheine, Pässe, Geld, Kreditkarten – alles war weg.

Ob er denn kein Dokument habe, mit dem er sich irgendwie identifizieren könne? Leider, nein. Nur den Reiseführer hätten ihm die Diebe gelassen. Ach ja, da, auf dem Etikett auf der ersten Umschlagseite stehe sein Name und seine Anschrift.

James D. McGraw hieß er also. Der Mann tat ihr leid. Ihm und seiner Familie mußte geholfen werden. Das nächste amerikanische Konsulat befand sich in St. Ignaz. Sonja Gruber rief an und reichte McGraw den Hörer.

»Das kann ein paar Tage dauern«, sagte er betrübt, als er nach gut zehn Minuten den Hörer auflegte.

»Machen Sie sich keine Sorgen«, tröstete die Polizistin. Doch wohin mit den Leuten? Der Silberne Kelch wird immer noch ausgegast und ist geschlossen. Doch dann dämmerte es ihr: »Ich habe da eine Idee …«

Körnchen war am Apparat. »Nein, es habe sich eigentlich noch kein Besuch im Haus gemeldet«, sagte er. »Nur ein Südländer, aber der parkt und übernachtet in seinem Wohnwagen im Vorgarten.«

»Gut, jetzt gleich bringe ich Ihnen eine ausländische Familie! In fünf Minuten sind wir da.«

»Aber …« – Sonja Gruber legte auf. »Kommen Sie, folgen Sie meinem Auto; ich bringe Sie jetzt erst mal in eine Unterkunft!«

Und so kam es, daß James D. McGraw, Staatsangehöriger der Vereinigten Staaten von Nordamerika, nebst Frau und Tochter Quartier im Pfarrhaus von Siglinde Schäfer fand.

Mein Gott, es hätte schlimmer kommen können, sagte sich Körnchen. Sie saßen am großen Eßtisch im Wohnzimmer. Eve und ihrer Tochter June waren in der Küche zugange, und zum Glück waren ausreichend Brot, Eier, Schinken und sonst noch einiges vorhanden, womit Mutter und Tochter ein kräftiges »Supper« zubereiteten, während James und Körnchen die Koffer in die zwei Gästezimmer trugen und die Betten richteten.

Die Gäste hatten sich nun etwas entspannt, das Abendbrot schmeckte. June blinzelte immer wieder verstohlen zu Körnchen hinüber, hielt sich die Hand vor den Mund und kicherte vor sich hin. Nein, so hatte sie sich einen deutschen Mann nicht vorgestellt. Wie schmächtig, aber doch sportlich er war! Die fliehende Stirn, die lustigen braunen Äuglein, die große, leicht gebogene Nase, darunter das putzige Bärtchen und dann das fliehende Kinn. Ja, wie ein Eichhörnchen sah er aus, dachte sie.

Es waren noch zwei Flaschen Bier im Kühlschrank gewesen, und die tranken die Männer jetzt leer, während sich die Frauen mit Kräutertee begnügten. James verschwand darauf kurz nach oben und holte eine angebrochene Flasche Whisky aus seinem übriggebliebenen Gepäck.

»Kentucky, twelf years old, half a gallon. Cheers.«

Es kam langsam Stimmung auf, und auch Körnchen lebte auf, wie seit langem nicht mehr.

Dann klingelte es an der Haustür.

Der Mann südländischen Aussehens aus dem Wohnanhänger stand in der Tür und hatte eine große dickbauchige Rotweinflasche in der Hand. Gut fünf Liter, schätzte Körnchen. Schnell noch ein Stuhl herbei.

»Grazie, sbasiba, thank you, Dan-ke!« sagte der Südländer, lachte freundlich und laut, und June wunderte sich über die vielen goldenen Zähne, die er hatte. Komische Männer, die Deutschen.

Das Essen war weggeräumt. Auf dem Tisch standen jetzt fünf Wein- und vier Schnapsgläser. Der Südländer schenkte allen ein, zeigte dann auf die Whiskyflasche, höflich bittend, ob er sich bedienen dürfe. Aber klar. Und dann nahm er den Kentucky und schüttete seinem Wein einen gehörigen Schluck davon dazu.

»Schmeckt besser so!« grinste er. June war entsetzt. Unmöglich, die Deutschen.

Der erste große Schluck, den der Südländer sich dann eingab, ging ihm die Kehle runter wie Platzregenwasser durch das Abflußrohr einer Dachrinne. Dann setzte er das Schoppenglas ab, wischte sich den Mund mit einem erstaunlich sauberen Taschentuch ab und holte ein großes goldenes Etui aus seiner Hosentasche hervor. Irgendetwas stand darauf eingraviert; keiner konnte es lesen. Es waren kyrillische Buchstaben.

Ach, Gott, nein, dachte Körnchen zunächst, als das goldene Etui aufklappte und ihm und dann auch James eine dicke Zigarre angeboten wurde. Was würde die Sigi dazu sagen? Um Gottes willen, der Tabakgeruch setzt sich doch überall fest. Doch schon hatte James dankend zugelangt, und dann wollte auch Körnchen nicht unhöflich sein und griff zu. Man konnte ja hinterher lüften.

Als sich die Schoppengläser nochmals füllten, verabschiedeten sich die Damen. Sie wollten schlafen gehen; sie hätten einen wahrlich anstrengenden Tag gehabt, und er, James, solle auch nicht mehr so viel trinken und bald nachkommen. »Please, my darling!«

James nickte nur, erwiderte den Gutenachtkuß, und sagte, er genieße diese Gesellschaft (»Nice People!«) ungemein, das sei für ihn jetzt die beste Entspannung. Eve und June verschwanden nach oben.

Dichter Tabakrauch durchzog das Wohnzimmer. Es war noch genügend Wein da, und auch die halbe Gallone Whisky war noch halbvoll. Körnchen ging zum Fenster und machte es auf, um zu lüften. Da sah er vor dem Haus Erwin Spettmann vorbeihumpeln. Er schleppte zwei vollgepackte Einkaufstüten, in jeder Hand eine.

»Hallo, Erwin!« rief Körnchen ihm zu. »Wo kommst du denn her?«

»War anne Trinkhalle oben anne Ecke, hab mir noch'n paar Dösken Bier für zu Hause geholt!«

»Mensch, komm rein!« rief ihm Körnchen zu. »Bei uns ist Stimmung!«

»Wennze meinst ... Also gut, ich komm! Mach schomma die Tür auf!«

Erwin Spettmann setzte die Biertüten ab und stellte sich den Gästen vor. »Erwin Spettmann, sehr angenehm. Meinzwegen könner alle Erwin zu mir sagen«, und damit richtete er sich zunächst an den Südländer. Der schlug sich seine Pranke vor die Brust, daß es dumpf dröhnte und brüllte: »Roméo!«

Eigenartige Vorstellungsformalitäten hier, dachte James und glaubte sich ihnen anpassen zu müssen, und so schlug auch er sich vor die Brust und schrie: »James!«

Und zum Schluß krähte auch Körnchen auf die gleiche Weise: »Kornelius!«

Nachdem man sich nun miteinander bekannt gemacht hatte, füllte Roméo erneut die Gläser und verteilte noch mal Zigarren. Auch Erwin Spettmann griff zu. Erst sagte er dankend nein, von wegen seiner Staublunge, doch dann dachte er sich, einmal is doch egal, und griff zu.

Währenddessen hatte Körnchen Sigis Gitarre herbeigeschafft. James konnte gut damit umgehen, und er sang dazu Country-&-Western-Songs. Sein Repertoire war beachtlich: Don Gibson, Hank Williams, Johnny Cash – das war Nashville in Würmelingen. Die übrigen drei trommelten dazu mit Händen und Füßen den Takt, nicht sehr genau, aber laut.

Dann klingelte das Telefon.

Es war die Sigi. Was es Neues gebe, und ob alles in Ordnung sei?

»Alles bestens, Bombenstimmung hier«, antwortete schon leicht lallend ihr Körnchen.

»Kornelius! Erzähl' mir jetzt genau, was los ist!« sprach die Sigi, und ihr Mann berichtete etwas umständlich, aber sachlich korrekt über die Ereignisse des Tages.

»Kor-ne-li-us! Ich bitte dich, hör' mir jetzt genau zu«, sagte sie aufgeregt. »Du bringst jetzt sofort alle Wertsachen in Sicherheit, das Silberbesteck, das Meißener Porzellan, die alte Lutherbibel, die neben dem Telefonbuch liegt, und sonst noch alles, was diebstahlgefährdet sein könnte! Hörst du mich? ... Nein du Trottel, nicht das alte Telefonbuch, die alte Lu-ther-bi-bel! Kapiert? ... – Was ist das eigentlich für ein Lärm im Hintergrund?«

»Migrationshintergrund! Mach dir keine Sorgen, alles prima Leute hier. Hick! Nette Unterhaltung.«

»Kornelius, du bist ja betrunken! Mein Gott, kann man dich nicht allein lassen?«

»Und wohin mit all dem diebstahlgefährdeten Zeug?« fragte er in leicht rebellischem Ton, der ihm sonst nie zu eigen war.

»Mein Gott, bring' die Sachen meinetwegen zur MM rüber, daß die sie für uns aufbewahrt, bis hoffentlich bald wieder normale Zustände eintreten!«

Körnchen rülpste.

Mit dem ist heute nicht mehr zu reden, dachte sie. Wie gut, daß du wenigstens deinen Schmuck mitgenommen hast … Am besten rufst du ihn morgen früh wieder an, aber dann kriegt er was gesagt! Und damit legte sie ohne Gutenachtgruß auf.

Körnchen war's egal. Er zündete sich noch eine Zigarre an und nahm noch einen tüchtigen Schluck. James mußte aufs Klo. Erwin griff zur Gitarre und intonierte Verse aus dem spätromantischen Liederzyklus vom »Wirtshaus an der Lahn«. Körnchen entsann sich mancher dieser Verse aus seiner Studentenzeit und sang nach Leibeskräften mit.

Im Hause gegenüber ging oben wieder das Fenster auf. Es war eine schöne laue Frühlingsnacht, und Erna Voigt hatte wieder ihren Aussichtsplatz bezogen. Dichte Tabakqualmwolken quollen aus dem Wohnzimmerfenster der Schäferschen Villa und auch die lauten Gesänge der Zechbrüder.

Erna Voigt lauschte den Wirtinnenversen, deren Inhalt ihr zwar ziemlich obszön schien, doch sie lächelte versponnen und streichelte dabei zärtlich ihren Holofernes.

Selten hatten Frau Voigt und Holofernes so viel abwechslungsreiche Unterhaltung von ihrem Ausguck aus gehabt. Jetzt flogen leere Bierdosen aus dem Fenster von gegenüber; zwar erreichten nicht alle ihr Ziel und manche blieben rechts und links in den Gardinen hängen, aber diejenigen, die trafen und den Vorgarten erreichten, wurden mit großem Hallo begleitet. Und Frau Voigt zählte mit – sieben, acht, neun – ja mindestens neun.

Da bat Erwin Spettmann um Gehör: »Müßmer morgen aber alle wieder einsammeln, weil, da is nämlich Pfand drauf.«

Es mußte so gegen drei Uhr morgens gewesen sein, als in der Rapunzelstraße 9 Ruhe einkehrte. Der Tabakqualm verzog sich, die Männer suchten ihre Ruhestätten auf, ein jeglicher an seinem Platz. Erwin Spettmann nahm Körnchens Angebot dankend an, auf dem Wohnzimmersofa zu übernachten, denn sein Tritt war schwer geworden. Roméo verzog sich in seinen Wohnwagen, rumorte noch etwas darin herum, und dann verlosch auch dort das Licht.

Leider war es Roméo nicht mehr gelungen, seine Toilettenspülung im Wohnwagen zu reparieren. Es war schon kurz vor Tagesanbruch, die Amseln begannen schon zu tirilieren, da mußte Roméo mal. Nein, bei Kornelius klingen, und ihn wecken, das wollte er nicht. Kurz entschlossen – denn viel Zeit schien ihm nicht mehr zu bleiben – verschwand er dann im nahen Rhododendrongebüsch und verrichtete dort seine Notdurft.

Es sah dann, als der Tag angebrochen war, etwas ungewöhnlich aus im Vorgarten der Rapunzelstraße 9, wobei man bei gerechter Beurteilung der Fakten einräumen muß, daß sich die Villa an einer exponierten Stelle des Märchenviertels von Würmelingen befand, an der Ecke zur Schneewittchenstraße, der besten Wohngegend der Stadt, wo die gehobene Gesellschaft in puncto Ordnung und Sauberkeit ungern mit sich scherzen ließ.

Das sollte sich bereits in den frühen Morgenstunden erweisen, als die Nachbarin Frau Müller-Mergentheim bei der Polizei anrief und sich über Ordnungswidrigkeiten schlimmster Art und anhaltende Ruhestörung unerträglichen Ausmaßes beschwerte. Sie mußte sich mit dem Anrufbeantworter begnügen, denn Oberwachtmeister Grumper hatte einen Tag Urlaub und Sonja Gruber lag noch zu Hause in ihrem Bett. Dabei hatte sich zu diesem Zeitpunkt die Verunreinigung des Rhododendronbusches noch nicht vollzogen, denn diese zu beklagen, wurde Frau Müller-Mergentheim erst bei der morgendlichen Inaugenscheinnahme der Vorgärten zugemutet. Die noch nicht eingesammelten leeren Bierdosen und die Zigarrenstummel im Goldfischteich schienen ihr dabei weniger gravierend ins Gewicht zu fallen.

Sonja Gruber war pünktlich um acht zum Dienst erschienen, hörte die Botschaft der Müller-Mergentheim ab und begab sich zum Tatort. Im Vorgarten waren Eve und June damit beschäftigt, die leeren Bierdosen einzusammeln. Ja, James habe sie darum gebeten, denn er habe irgendwie mitbekommen, daß das sehr wichtig sei. Nein, die Männer schliefen alle noch. James sei ziemlich unpäßlich. Na ja, die Männer müßten sich ja wohl auch mal austoben dürfen, meinte sie. Sonja Gruber sah sich kritisch um. Mit dem Daumen zeigte sie dann fragend auf den vibrierenden Wohnwagen.

»Ja, da drin schnarcht Roméo«, kicherte June. »Und drin, im Wohnzimmer auf dem Sofa«, ergänzte Eve, »schläft noch ein Freund von Corny, James sagte mir, der heißt Earvy, oder so ähnlich. Und Corny ist ja so ein reizender Mensch! Er wird sicher nichts dagegen haben, wenn wir uns jetzt in der Küche eine Tasse Kaffee machen …«

»Sicherlich nicht«, antwortete Sonja, »einen starken Kaffee kann ich jetzt auch gut brauchen.«

Es war nicht allzu ergiebig, was Sonja von Eve und June in Erfahrung bringen konnte. Die beiden waren von der Reise doch ziemlich erschöpft gewesen und hatten trotz des Radaus gut und fest geschlafen. Die Polizistin verabschiedete sich, Eve und June wollten im Haus noch etwas aufräumen.

»Auch das noch, die haben mir jetzt grad noch gefehlt«, dachte Sonja, als sie aus dem Haus kam und die Lokalreporter beim Fotografieren sah. Und oben gegenüber war auch schon wieder Erna Voigt mit ihrem Kater am Fenster erschienen. Die Reporter hatte sie schnell abgefertigt – sie wüßte auch nicht mehr als sie. Doch nun schritt Frau Müller-Mergentheim wogenden Busens herbei, und jetzt war ein lebhafter Dialog angesagt.

»Unerhört ist das, was man sich hier jetzt alles bieten lassen muß, unerhört!« hob sie an, und an ihrer Tonhöhe merkte man, daß sie sehr ungehalten war. Wo lebe man denn hier? Müsse man sich jetzt schon an Verhältnisse wie auf dem Balkan gewöhnen? Was das denn für fremdes Gesindel sei, das sich hier breitmachte?

Die Polizistin ließ Frau Müller-Mergentheim erst mal ausreden und machte dann einen Deeskalierungsversuch. Sie sei doch als 2. Vorsitzende von Xenophilia eine angesehene Streiterin für multikulturelle Verständigung, und sie erwarte von ihr eigentlich etwas mehr Toleranz gegenüber fremden Gebräuchen.

»Schön und gut«, meinte die MM, »aber wenn hier die ganze Nacht über gelärmt wird, unanständige Lieder gesungen werden, Getränkedosen durch die Luft fliegen und in die Büsche gekackt wird, dann hört doch jedes Verständnis auf. Wir leben hier schließlich in einer anständigen Wohngegend und nicht in der Oststadt! Ich ersuche Sie, unverzüglich Abhilfe zu schaffen! Und der Zigeunerwagen da soll verschwinden!«

»Gut, ich werde Ihre Beschwerde an die Hauseigentümerin, Frau Schäfer, weiterleiten. Aber – Sie sind doch sicher auch informiert über die Aktion Zeichensetzung von Frau Schäfer, oder? Es stand doch alles im WÜRMELINGER MORGENBOTEN.«

»Ja, das hab' ich natürlich gelesen. Eine wahrhaft edle Geste! Aber das beinhaltet noch lange keinen Freibrief für derartige Auswüchse! Alles hat doch irgendwo seine Grenzen!«

Sonja Gruber klappte ihr Büchlein zu. »Ich werde mich um die Angelegenheit kümmern, Frau Müller-Mergentheim.«

»Ja bitte, tun Sie das, aber schnell! Wo sind wir denn hier?! Das Märchenviertel ist doch kein Kaffernkral!«

Peter Schmehl, per Handy von seinen Fotokollegen herbeigerufen, betrat gemächlich den Tatort. Er kickte eine herumliegende Bierdose weg und näherte sich den debattierenden Damen, der Konsistorialratswitwe

Frau Müller-Mergentheim und der Polizistin Sonja Gruber.

»Links von Ihnen, dort unter dem Kirschbaume, liegt auch noch eine Bierdose«, erreichte ihn da eine dünne, aber deutliche Stimme von hinten, genauer gesagt von hinten und von oben, aus dem Mansardenfenster des Hauses gegenüber.

Peter Schmehl drehte sich um: »Ach, schönen guten Morgen, Frau Voigt! Wie geht es Ihnen?«

»Na, soweit ganz gut, nur mein Hololein ist etwas verstört. Die mannigfaltigen Geschehnisse der vergangenen Nacht scheinen ihm wohl auf die Nerven geschlagen zu sein, er ist etwas unpäßlich. Aber sagen Sie mir doch bitte, wer sind Sie eigentlich?«

»Erinnern Sie sich vielleicht noch an mich?« rief Schmehl zurück. »Ich bin der Peter, Ihr ehemaliger Schüler Peter Schmehl, der immer in der letzten Reihe saß ...«

»Ach, der Peter, der Peter, der immer so schöne Aufsätze schrieb! Komm doch einmal herauf zu mir und trink eine Tasse Kaffee mit mir!«

Das war seine Lehrerin, unverkennbar schon an dem puristischen Schriftdeutsch, das sie auch im hohen Alter noch sprach. Wie hatte sie damals ihre Schulkinder darauf getrimmt, nicht nur sauber und ordentlich zu schreiben, sondern auch zu sprechen! Immer noch hängte Frau Voigt bei bestimmten Substantiven das altmodische Dativ-E an und achtete auf den korrekten Gebrauch des Konjunktivs.

»Und kennen Sie auch mich noch?« rief nun die Polizistin zu ihr hinauf, den Redefluß der MM missachtend. »Die Sonja, Sonja Gruber, der Sie immer eine Gnaden-Vier in Handarbeit gegeben haben ...«

Die MM schob davon. Fühlte sich indigniert.

Erna Voigt zeigte sich entzückt: »Ach ja, die Sonja mit dem langen, schönen Zopfe! Schade, daß dich der nicht mehr ziert! Komm du doch gleich mit!«

Sonja und Peter stiegen die Treppe hinauf. Sie berührte ihn leise am Arm: »Wir haben dich auf dem Klassentreffen vermißt, Peter. Alle haben nach dir gefragt. Und es tut uns allen so leid, das mit deinem Vater ...«

»Ach, Sonja ... ich weiß manchmal nicht, ob ich mehr Wut oder Trauer empfinden soll ...«

Die greise Lehrerin hatte eine bauchige Kanne Kaffee und einen Teller mit Knabbergebäck auf den großen runden Tisch gestellt, der die kleine Wohnung beinahe völlig ausfüllte. Nach einer herzlichen Begrüßung und dem Austausch alter Erinnerungen fragte Peter nach den Vorkommnissen der letzten Nacht, und auch Sonja ermunterte Frau Voigt, doch zu erzählen, was sich da eigentlich alles abgespielt hatte.

Nein, Frau Schäfer sei nicht zugegen gewesen, die sei bereits vorgestern von ihrem Manne weggebracht worden. Kornelius Schäfer habe ihr berichtet, daß sie erkrankt sei und von ihrem Manne der Obhut der Mutter anvertraut wurde. Die Pfarrerin habe unter schweren Unpäßlichkeiten, begleitet von Hautirritationen, gelitten, und ganz offensichtlich war das alles eine Folge der Überarbeitung während der letzten Tage.

Man kam dann auf das unermüdliche Engagement zu sprechen, das die Sigi in ihrem Einsatz für Fremde und Flüchtlinge an den Tag legte. Und dann ihre großherzige Bereitschaft zur Aufnahme solcher Menschen in ihrem eigenen Hause, die Zeichensetzung! Sie sei zweifellos eine ganz außergewöhnliche Persönlichkeit, meinte Sonja, und Peter nickte bedächtig.

»Ach, Kinder, was wisset denn ihr«, sagte Frau Voigt, »um die Sigi und ihren Eifer zu verstehen, muß man die Vergangenheit kennen ...«

Sonja und Peter schauten sich fragend an. Auch Holofernes schien die Ohren zu spitzen.

»Also gut, Kinder, ich werde euch nun etwas erzählen. Höret mir gut zu, auf daß ihr die Sigi besser verstehet.«

Was die gute alte Lehrerin dann ausführte, war ein echter Knaller.

Nicht leicht hat sie es gehabt, als sie noch ein Schulmädchen war. Ja, hübsch war sie damals schon gewesen, und die pubertierenden Burschen waren ganz wild hinter ihr her. Manche von ihnen, die sie abwies, vergalten ihr die Abfuhr mit üblen Schimpfworten, die, so garstig sie auch klangen, doch in gewisser Weise einen realen Bezug hatten. Ob auf dem Schulhof, ob auf der Straße, man rief ihr böse Dinge nach: »Naziflittchen« nannte man sie, oder man sang ihr das »Lied vom schönen weißen Arsch und dem Goldfasan«.

Ach, was konnte die Sigi schon dafür, daß ihr Vater NSDAP-Ortsgruppenleiter gewesen war, ein sogenannter Goldfasan also. Im hohen Alter, in zweiter Ehe, hatte er noch ein Kind gezeugt, das er aber nicht mehr zu Gesicht bekam, denn er starb, bevor die Sigi geboren wurde.

Die Meinungen darüber, inwieweit Ortsgruppenleiter Schäfer ein ganz übler oder eher ein weniger übler Nazi gewesen war, waren geteilt. Die Mehrheit sagte, es habe seinerzeit schlimmere Typen gegeben. Einige wieder rühmten gar, daß er seine Macht genutzt habe, um Regimegegner vor der Vernichtung zu bewahren, wobei als Paradebeispiel die Geschichte vom Freimaurer Botho von Greifenhagen angeführt wurde, dem wegen seiner obstinaten Aufmüpfigkeit die Verhaftung durch die Gestapo gedroht hatte. Hermann Schäfer verhalf ihm zur erfolgreichen Flucht ins Ausland. Manche wollten jedoch einen Zusammenhang sehen zwischen der Fluchthilfe und dem Kauf der von Greifenhagenschen Villa in der Horst-Wessel-Straße 9 (heute: Rapunzelstraße 9) durch Hermann Schäfer, und es ging das Gerücht, daß letzterer die Immobilie zu einem bemerkenswert günstigen Preis erworben habe.

Wie dem auch sei, es schien erwiesen, daß Schäfer von Greifenhagen und auch einigen anderen Verfolgten zur Flucht verholfen und damit das Leben gerettet hatte. Das wurde ihm bei der Entnazifizierung von den Siegermächten positiv angerechnet, und so kam er ungeschoren davon. Daß er noch wenige Tage vor der Kapitulation vierzehnjährige Knaben rekrutieren und als Soldaten in den Tod schicken ließ, fiel nicht ins Gewicht.

Sigis Mutter war eine bescheidene, gutmütige Frau. Sie war die Alleinerbin des nicht unbeträchtlichen Vermögens, das ihr der Ex-Ortsgruppenleiter hinterließ, einschließlich der »Schnäppchenvilla«. Trotz ihres Wohlstands galt sie als Ex-Ortspruppenleiter-Witwe nur sehr bedingt als gesellschaftsfähig. Man mied den Kontakt zu ihr, denn mittlerweile war die Zeit angebrochen, in der die alten Nazis vergreisten und wegstarben und somit die Epoche der ungehinderten Vergangenheitsbewältigung beginnen konnte. Das bekam auch das Schulmädchen Sigi zu spüren, und die Hoffnung, daß es ihr auf der Privatschule Gödel besser erginge als auf dem städtischen Gymnasium, erfüllte sich nicht.

Während die Mutter die gesellschaftliche Ausgrenzung mit Gleichmut erduldete, litt die arme Sigi zunehmend unter den Schmähungen. Auch Frau Gödel selbst und ihre zwei Lehrer, das betonte Frau Voigt, setzten sich nur bei den allergröbsten Vorfällen für die Sigi ein. Wenn sie so zurückblicke, müsse man schon sagen: Die Sigi wurde wegen ihres Vaters diskriminiert.

Es bedurfte etlicher Sitzungen bei einem Jugendpsychotherapeuten, bis sich der Zustand des heranwachsenden Mädchens zu bessern begann und sie schließlich in St. Ignaz studierte und in gemeinnützigen und kirchlichen Einrichtungen einen Wirkungskreis fand, der sie nicht nur seelisch aufrichtete, sondern ihr auch ein zeitkonformes Weltbild vermittelte. Sie ging ganz darin auf. Ihr Weg war jetzt vorgezeichnet: Gutes wollte sie tun und alle Menschen lehren, auch nur Gutes zu tun. Redebegabung und Indoktrinierungstalent hatte sie offensichtlich vom Vater geerbt. Wie dieser seine Talente im Kampf für das Böse einsetzte, so sollten ihre nun im Kampf für das Gute dienlich sein.

»Aber mit der Zeichensetzung hat sie ihren Einsatz für das Gute doch etwas übertrieben, finde ich«, meinte Sonja.

»Vielleicht schon«, sagte Frau Voigt, »auf jeden Fall hat sie sich zu viel zugemutet. Ich habe mich auch sehr darüber gewundert. Ich dachte immer, sie sei ganz der Vater: Zu Taten aufrufen und selbst passiv bleiben. Er predigte das Böse, sie das Gute. Alle Achtung: Sie, die Sigi, schritt selbst zur Tat.«

Peter Schmehl nickte bedächtig und teilnahmsvoll. Dann ging er zum Fenster, streichelte Holofernes und schaute hinüber auf das Schäfersche Anwesen. Und lächelte versonnen. Aber so, daß es niemand sah.

»Kommt, Kinder, eßt doch noch ein Stück Kuchen mit mir!«

———————————

Der Chefredakteur des WÜRMELINGER MORGEN-BOTEN hielt es für ratsam, daß angesichts der dubiosen Vorkommnisse um die Bakschischkierierin, in die Peter Schmehls Vater verwickelt war, nicht dieser – obwohl es eigentlich in sein Ressort gehörte –, sondern ein anderer Redakteur, dessen Unaufmüpfigkeit außer Frage stand, über die Ereignisse im Pfarrhaus berichten sollte. Am folgenden Tage konnte man im WÜRMELINGER MORGENBOTEN folgenden Artikel lesen:

PFARRERIN SCHÄFER LÖST IHR VERSPRECHEN EIN:
RAPUNZELSTRASSE 9 WIRD ZUR STÄTTE INTERNATIO-
NALER BEGEGNUNG

Es waren keine leeren Worte, die Siglinde Schäfer sprach, als sie ankündigte, ihr eigenes Haus für notleidende, obdachsuchende Ausländer zu öffnen. Der WMB berichtete bereits darüber.

Gestern Abend verwirklichte sich ein eindrucksvolles Beispiel für tätige Nächstenliebe und friedliches Miteinander der Kulturen bei uns, hier in Würmelingen, in der Rapunzelstraße 9.

Leider war es der großherzigen Pfarrerin nicht ver-
gönnt, selbst die Gäste zu begrüßen. Die offenkun-
dige Überarbeitung der letzten Tage hatte sie auf
das Krankenlager geworfen, und dieses wurde ihr im
Haus ihrer Mutter in St. Ignaz bereitet. So war sie lei-
der nicht zugegen, als Mr. James McGraw mit seiner
Familie aus den USA eintraf, und später noch Roméo
Y., ein alleinstehender Herr aus Nord-Bukowinien,
hinzukam. Herr Schäfer sowie Herr Spettmann, der
aktives Mitglied bei »Xenophilia« ist, taten ihr Bestes,
den Gästen ihren Aufenthalt so angenehm wie mög-
lich zu gestalten und so das Motto unserer charismati-
schen Pfarrerin zu befolgen: »Xenophilie predigen ist
gut – sie zu praktizieren ist besser!«

Frau Müller-Mergentheim, die sich als 2. Vorsitzen-
de von »Xenophilia« weit über unsere Stadtgrenzen
hinaus einen Namen gemacht hat und neben dem
Pfarrhaus wohnt, berichtet: »Es ist ein große Freude
für mich, miterleben zu dürfen, wie Menschen ver-
schiedener Kulturen harmonisch zueinanderfinden.
Zwar bin ich gestern Abend leider nicht selbst zuge-
gen gewesen, aber die fröhliche gesellige Runde im
Pfarrhaus war mir doch irgendwie greifbar nahe. Die
schönen, zu Herzen gehenden Lieder fremder Länder,
die zu mir herüberwehten, werden mir unvergeßlich
bleiben. Kurzum, es war ein Abend, den man nicht
vergißt. Ich bin stolz und glücklich, Zeuge dieses ein-
maligen Geschehens zu sein. Ich fühle mich innerlich
bereichert.«

Ein Gruppenfoto krönte den Bericht, auf dem man – in einträchtiger wechselseitiger Umarmung – die Protagonisten des unvergeßlichen Abends sehen konnte: Im Mittelpunkt befand sich Frau Müller-Mergentheim mit Roméo, und in zwangloser Aufstellung darum herum die Familie McGraw, Erwin Spettmann und Kornelius Schäfer.

»Alle Achtung, was die da zusammengebastelt haben ...«, murmelte Peter Schmehl und legte die Zeitung beiseite.

Frau Schäfer war sehr besorgt über den Gesundheitszustand ihrer Tochter gewesen, und sie hatte darauf bestanden, daß Sigi sich ärztlich untersuchen ließ. Mit allem hatte die alte Dame gerechnet und bangend dem Ergebnis der Untersuchung entgegengesehen. Endlich kam der Arzt aus dem Krankenzimmer heraus und lächelte verschmitzt: »Ich gratuliere Ihnen, liebe Frau Schäfer: Sie werden Großmutter!«

Und siehe, danach begann sich so manches zu ändern. Nachdem die Sigi aus einem langen, erholsamen Schlaf erwacht war, den ihr der Medikus mittels nebenwirkungsfreier Beruhigungsmittel beschert hatte, wirkte sie entspannt und ihr Antlitz spiegelte Behaglichkeit und Sanftmut wider.

Kornelius war angenehm überrascht. Was war mit seiner Frau geschehen? Er möge sie bitte – jawohl: »Bitte« hatte sie gesagt! – bei nächster Gelegenheit abholen, sie wolle gern wieder nach Hause.

»Ja, aber die äh ... widrigen Umstände hier ...«, stotterte Kornelius ins Telefon und schaute verzagt auf

Roméo, der ihm am Küchentisch gegenübersaß und sich gerade einen kräftigen Schuß Rum in den Kaffee schüttete.

»Ach, das ist doch alles halb so wild. Wenn ich heimkomme, werde ich dir etwas zu erzählen haben, was dich freuen wird ...«

Und das, was sich dann in den nächsten Tagen ereignete, hätte Kornelius nun wirklich nicht für möglich gehalten.

Sigi fand sich nicht nur überraschend schnell mit den Logiergästen ab, sondern wurde sogar gut Freundin mit allen. Über einige Unregelmäßigkeiten im Haushalt sah sie großzügig hinweg. Roméo hatte sein Auto und endlich auch sein Bordklo wieder in Ordnung gebracht und verabschiedete sich, überschwenglich dankend, mit einer Mehrliterflasche kräftigen nordbukowinischen Rotweins, während er der Sigi einen total überdimensionierten Strauß roter Rosen überreichte. Die McGraws blieben noch ein paar Tage bei den Schäfers; dann reisten auch sie ab. Ersatzdokumente und Geld waren dank botschaftlicher Hilfe doch schneller als erwartet beschafft worden, und so wollten sie vor ihrem Rückflug noch knapp eine Woche Sightseeing in Süddeutschland machen. Für den Papst reichte es leider nicht mehr. Klar, daß der Abschied überaus herzlich ausfiel und man sich wiedersehen wollte: »You must come to see us!«

Dann kehrte etwas Ruhe ein im Schäferschen Hause. Kornelius lebte auf und war stolz auf seine bevorstehende Vaterschaft. Sigis Sanftmut hielt an und sogar ihre anfängliche Enttäuschung darüber, daß das Kind laut Untersuchung nur ein Junge werden würde, ließ bald wieder nach.

Hauptsache das Kind ist gesund, sagte sie sich.

Die Dicke des Briefes, den die McGraws nach wenigen Wochen schickten, war darauf zurückzuführen, daß er einen ordentlichen Packen von Zeitungsausschnitten enthielt und nicht nur solche der Yellow Press.

»Also, da haben die McGraws doch etwas zu kräftig auf die Pauke gehauen«, meinte Kornelius, nachdem er die ersten Ausrisse gelesen hatte, die alle von der großherzigen Schäferschen Gastfreundschaft berichteten. Das dortige Lokalblättchen brachte sogar ein Farbfoto, auf der ersten Seite.

Entgegen der weitläufig verbreiteten Meinung, daß nur schlechte Nachrichten wirklich einschlagen, wurde die Story von der *Schaefer hospitality* über Nacht zum Hit der Saison, und es dauerte auch nicht lange, bis die ersten amerikanischen Reporter bei den Schäfers in Würmelingen vorsprachen. Da alles, was in Amerika in ist, bekanntlich in unabwendbarer Weise auch nach Deutschland herüberschwappt, nahmen sich dann auch hier die Medien des Themas an, und zwar um so gieriger, als die Nachricht einmal in die Sauregurkenzeit fiel und vor allem, weil deren Inhalt in vorbildlicher Weise dem politisch korrekten Mainstream entsprach. Und so war es auch nicht verwunderlich, daß die ganze Geschichte, angefangen von dem fürchterlichen ausländerfeindlichen Akt, über Sigis Reaktion, über die Zeichensetzung bis zur realisierten Gästeaufnahme auch der überregionalen Öffentlichkeit bekannt wurde.

Wenn der Medien-Mainstream einmal ein Hätschelkind hat, läßt er es so schnell nicht wieder los. Auch Politiker mußten darauf aufmerksam werden, denn die

Story war volkspädagogisch von großem Wert, und schon bald war es einfach unmöglich, die Sigi und ihren Nimbus zu ignorieren. Ihre Karriere begann nun erst richtig: Zuerst als Stadträtin, dann als Landtagsabgeordnete (als Angehörige einer superdemokratischen Partei), und schließlich, nach der Geburt ihres Sohnes Nelson (sprich: »Nälßn«), trug man ihr den Posten als Hochkommissarin für Migrationsfragen der EU an.

Siglinde Schäfer, gut behütet und umsorgt von ihrem Mann, bedachte alles wohl. Kornelius traf die nötigen Vorbereitungen, und es war viel zu tun, denn binnen weniger Monate sollte der Umzug nach Brüssel erfolgen.

Für die Ausgestaltung ihres hohen Amtes wurde der Hochkommissarin weitgehend freie Hand gelassen. Es war geplant, daß Kornelius sich vorwiegend um Haus und Kind kümmern würde, aber auch als ihr persönlicher Sekretär fungieren sollte.

Unabdingbar war auch, daß der Hochkommissarin ein Pressereferent zur Seite gestellt werden musste, und es begab sich, daß Peter Schmehl dazu auserkoren wurde.

Weit hinten, in einem nahezu vergessenen, vernachlässigten Kämmerlein ihres Bewußtseins gärte noch schwach der folgenschwere Artikel vom 1. April, als dessen Autor sie bald Peter Schmehl ausgemacht hatte. Sie war ja nicht blöd, doch es pflegte sich bei ihr immer häufiger pragmatisches Denken durchzusetzen und so entschied sie, davon auszugehen, daß Schmehls Artikel der Wahrheit entsprochen habe und immerhin der Startschuß für ihre Karriere war.

Wie auch immer, sagte sie sich, Schmehl habe journalistische Kreativität an den Tag gelegt, und die sei für ihre künftige Position von unschätzbarem Wert. Also Schmehl.

Schmehl aber wollte zuerst gar nicht. Zu tief saß in ihm noch sein Groll gegen die Sigi. Und die sollte er sich zur Chefin erwählen?

»Wie stellst du dir das vor?« brauste er Kornelius an, mit dem er im »Goldenen Zapfhahn« beim dritten Bier saß, »nach allem, was deine Frau meinem Vater angetan hat? Soll ich das alles schwuppdiwupp vergessen?«

»Sigi kannst du nicht verantwortlich machen für die Ausschreitungen der sogenannten spontanen Demonstration.«

»Indirekt doch, lieber Kornelius! Und fandst du das etwa christlich, wie sie meinen Vater im Gottesdienst abgekanzelt hat?«

»Ich verstehe deinen Groll, lieber Peter«, gab Kornelius zu, und dann schwiegen beide eine Weile und tranken ihre Gläser aus.

»Darf's noch eins sein?« fragte der Zapfhahnwirt.

»Ja bitte.«

Kornelius setzte behutsam sein Plädoyer fort: »Weißt du, die Sigi hat sich sehr zum Positiven hin verändert, seitdem sie das Kind erwartet. Zugegeben, vorher war sie schon etwas exzentrisch, und ich war auch total überrascht über ihre Zeichensetzung. Doch jetzt ist sie weiblicher geworden, ausgeglichener und sogar viel sachlicher, du wirst schon sehen! Und außerdem: Ich selbst bin ja auch noch da. Und ich persönlich würde mich riesig freuen, wenn du mitmachst! Und denk an deine Zukunft: Willst du hier in diesem Würmelkaff bis zur Pensionierung Artikel schreiben über die Jahresversammlungen des Männergesangvereins, plattgefahrene Hühner und die stinklangweiligen Stadtratssitzungen?

Peter Schmehl blieb stumm und starrte in sein Bierglas. Er sah die blonde Sigi vor sich – auf dem Fahrrad im Minirock ... und dann dachte er an seine liebe Renate, die gerade ihren Arbeitsplatz verloren hatte. Finanziell würde es jetzt eng werden.

»Menschenskind, überleg's gut! So eine Chance kriegst du nie wieder!« drängte Kornelius.

Peter Schmehl nahm den Posten an, nicht schwuppdiwupp, aber dann doch, nach reiflicher Überlegung. Seine Einkünfte würden sich verdreifachen. Das gab den Ausschlag. Ubi bene ibi patria, sagte er sich; oder hieß es, ubi bene non olet? Egal, er hatte sich entschieden. Aber es wollte sich trotzdem keine seelische Behaglichkeit bei ihm einstellen.

Dabei war das Gespräch, das er mit der Sigi geführt hatte, eigentlich überraschend harmonisch verlaufen. Kornelius hatte gute Vorarbeit geleistet. Sie saßen im Pfarrbüro, die Sigi wie stets zurückgelehnt an ihrem Schreibtisch unter dem Melanchthonbild, er, auch zurückgelehnt, ihr gegenüber. Alles Wesentliche war besprochen, der Vertrag unterschrieben.

»Ich habe den Eindruck gewonnen, daß du immer schon pragmatisch denken konntest. Ich hab es jetzt auch gelernt«, lächelte sie ihn an, und zwar so, wie Peter es sich vor so vielen Jahren, damals im »Venezia« gewünscht hätte. Sie reichte ihm ein Fläschchen Sekt.

»Mach' die mal auf. Und hier sind zwei Gläser. Also, denn, auf gute Zusammenarbeit in Brüssel.«

»Ja, auf gute Zusammenarbeit«, lächelte Peter zurück, »Prost!«

»Und dann noch was, Peter. Nur unter uns beiden. Beantworte mir bitte eine Frage: Weiß außer dir und mir noch irgend jemand, daß ... nun, daß die Zeichensetzung gar nicht meine Idee war und nichts weiter als eine Ente von dir gewesen ist?«

»Nicht daß ich wüßte. Und wenn, rein theoretisch, jemand behaupten würde, daß es eine Ente gewesen sein soll – kannst du dir vorstellen, daß ihm irgendjemand Glauben schenken würde?«

»Nein, das kann ich mir in der Tat nicht vorstellen. Prost, Peter«, lachte die Sigi und behielt sogar ihr Lächeln bei, als er sich eine Zigarette anzündete.

Bei Frau Müller-Mergentheim hingegen stellte sich ein Verdruß ein, der die innerseelische Bereicherung, die ihr laut WMB zuteil wurde, trübte.

Frau Voigt kam gerade vom Einkaufen zurück (ein halber Liter Milch, zwei Döschen Hirschragout, Marke »Schleckertöpfchen« und 200 g Steinbeißerfilets – alles für Holofernes). Sie wollte flugs in ihr Haus schlüpfen, als sie von der MM begrüßt und angesprochen wurde.

Sie sei tieftraurig über ihren Verlust. »Stellen Sie sich vor, liebe Frau Voigt: Ausgerechnet die allerschönsten meiner Edelrosen – brutal abgerissen und gestohlen! Das ist Vandalismus, Vandalismus pur!«

»Ach, Frau Müller-Mergentheim, es sind doch noch so viele schöne andere Blumen hier um uns herum. Schauen sie sich doch nur um! Geh' aus mein Herz und suche Freud ...«, zitierte sie mit erhobenem Zeigefinger und dachte dabei daran, wie sie vom Fenster aus Roméo gesehen hatte, als er mit dem großen Rosenstrauß zum Hause Schäfer schritt.

MM ließ sich nicht so leicht besänftigen. »Auf alle Fälle habe ich den Raub der Polizei gemeldet. Anzeige gegen Unbekannt, damit wenigstens die Versicherung für den Schaden aufkommt.« Dann wollte sie noch deutlicher werden, und dachte: Dieser hergelaufene Lümmel von Gottweißwoher muß das gewesen sein, der mir auch in den Rhododendron geschissen hat. Doch sie hielt sich zurück, das laut zu sagen, denn schließlich wollte sie ja die neue Präsidentin von Xenophilia werden. »Nun ja, wenigstens scheint jetzt wieder Ruhe eingekehrt zu sein bei Schäfers«, sagte sie dann. »Wir haben wohl alle genug mitgemacht wegen dem ganzen Theater.«

»Wegen des Theaters«, sagte Erna Voigt, »nach wegen steht immer der Genitiv.«

Roméo indes hatte sich noch ein paar Wochen bei einem Weinbauern in der Nähe Würmelingens nützlich gemacht. Erwin Spettmann hatte die beiden miteinander bekannt gemacht. Dank Roméo, der mittels einer Art Katalysator (sein Geheimrezept), den Gärungsprozeß zu beschleunigen verstand, geriet der notleidende Wingerter bald wieder in die schwarzen Zahlen. Der Weinbauer, übrigens ein Bruder von Winfried Specht, war Roméo überaus dankbar, und so zögerte er auch nicht lange, als ihm zum Abschied eine Kalaschnikow zum Kauf angeboten wurde. Der Preis war günstig, wo kriegte man sonst schon eine Kalaschnikow für 150 Euro? Ein Erbstück von seinem Vater, versicherte Roméo treuen Blickes, ein Andenken aus den letzten Tagen der Roten Armee. Der Wein-Specht legte ihm das Geld hin und nahm die Waffe in Empfang. Wer weiß, wann man so was vielleicht mal brauchen konnte.

Danach verloren sich Roméos Spuren, und niemand hörte jemals mehr etwas von ihm. Nur als die Winzergenossenschaft Specht-Wingert einmal kritisch in Augenschein nahm und an seinem innovativen Herstellverfahren rummäkelte, geriet der Name Roméo noch mal kurz ans Licht der Öffentlichkeit. Doch schon bald zogen andere Neuigkeiten die Aufmerksamkeit des WÜRMELINGER MORGENBOTEN auf sich.

————————————————

Der heiße Hochsommer begann bereits das Laub der Kastanienbäume zu verfärben, als ein müdes, schmächtiges Männlein mittleren Alters in der Wilhelm-Lobegast-Straße gesichtet wurde. Es war ein Tippelbruder, wie ihn Frau Müller-Mergentheim später einigermaßen zutreffend bezeichnete. Er war bescheiden gekleidet, trug einen verschlissenen Rucksack und auf dem Kopf saß eine speckige Baskenmütze. Sein Antlitz war vom Wetter gegerbt, und in seiner Mundecke klemmte ein kalter Zigarrenstummel. Sonja Gruber sprach ihn freundlich an. Ob er Hilfe brauche und ob er sich ausweisen könne? Hilfe, ja gern, radebrechte das Männlein, aber mit seinen Ausweispapieren war es dürftig bestellt. Migrationshintergrund also, diagnostizierte die Polizistin; ein Fall für Xenophilia. Daß er sich nicht ausweisen konnte? Schwamm drüber. Mein Gott, wir sind doch kein Polizeistaat.

MM nahm sich eilfertig des Falles an. Zuvörderst, so entschied sie, mußte ihm Obdach gewährt werden und es wurde kurzfristig eine außerordentliche Versammlung von Xenophilia einberufen. Wohin mit dem Männlein? Die Zeichensetzung konnte ja schließlich nicht unbefristet in Anspruch genommen werden, ganz davon abgesehen, daß man im Pfarrhaus voll mit Umzugsarbeiten beschäftigt war. Die MM selbst wartete auf ihren Kurtermin in Montegrotto. Die einzige

Lösung, die sich dann bot, war bei Erwin Spettmann »hinterm Parawang«.

Erna Voigt wollte die beiden, Erwin Spettmann und seinen Logiergast, dann des öfteren von ihrem Fenster aus gesehen haben, wie sie einträchtig nebeneinander zum Kiosk gingen, um Getränke einzukaufen.

———————————

Allerheiligen. Frühnebel, Nässe, Friedhof.

Sonja Gruber besuchte das Grab ihrer Mutter, legte ein paar Blumen darauf nieder, stand eine Weile still davor und wandte sich dann wieder dem Ausgang des Friedhofs zu. Sie kam an einem Grab vorbei, dessen Stein noch neueren Datums war, aber das Grab selbst war nur von einfachem Gras bewachsen, aus dem eine halb umgekippte, leere Tonvase hervorragte. Kein weiterer Schmuck. »Johannes Schmehl« sowie sein Geburts- und Todestag standen auf dem Stein, sonst nichts. Sonja Gruber ging zurück zum Grab ihrer Mutter, nahm ein paar Blumen davon weg, ging zurück zu Johannes Schmehls Grab und legte sie dort nieder. Dann stand sie gedankenverloren davor. Drehte sich um, als sich knirschende Schritte näherten. Es war Christel Schwanensang, die das Grab ihres Vaters besucht hatte.

Die beiden Frauen nickten sich still an.

»War Herr Schmehl ein Verwandter von Ihnen?« unterbrach die Apothekersfrau die neblige Stille.

»Nein, das nicht. Aber sein Tod ging mir nahe. Er war ein anständiger Mensch. Könnte heute noch leben. Es war der sogenannte Aufstand der Anständigen, der damals durchgeführt wurde, der hat ihm das Herz gebrochen.«

»Ja, ich erinnere mich. Mein Mann hätte damals eher zur Polizei gehen sollen, um seine Aussage zu machen. Dann, vielleicht ...?«

Sonja Gruber schaute zu Boden und schüttelte langsam den Kopf.

»Die Türkin hätte sich eher bei mir melden sollen. Aber lassen wir das.«

»Und was ist eigentlich aus der südländischen Bettlerin geworden, die das alles verursacht hat? Hat man von der noch mal was gehört?« fragte Christel Schwanensang.

»Ja, vor einiger Zeit habe ich mit einem Kollegen aus Buxhausen gesprochen. Die Frau ist dort auffällig geworden, weil sie sich vom Hofhund eines Bauern angegriffen fühlte, doch der Hund war an der Kette ... Mein Kollege meinte, die Frau sei im Prinzip harmlos, aber geistig etwas verwirrt. Zumindest hat sie eine Hundephobie. In Buxhausen hat man abgewiegelt und die Bettlerin beruhigt; der Bauer hat ihr einen Korb mit Obst und zwei Flaschen Wein in die Hand gedrückt, und damit war der Fall dort erledigt. Sie wurde seitdem nicht mehr gesehen.«

Die Frauen standen noch eine Weile schweigend vor Schmehls Grab bis Christel Schwanensang sagte: »Da drüben, das Friedhofsrestaurant macht gleich auf. Kommen Sie, gehen wir eine Tasse Kaffee trinken.«

»Ja, gern«, antwortete Sonja Gruber, »gehn wir.«

Durch den Morgennebel begann spärlich die Sonne zu glänzen.